在北美涵泳中華文化的
精采人物

遠揚的風華

趙俊邁著
劉墉題

人生，不是歲月，而是永恆

念愛妻 石語年

序之一

刻畫時代 反映人生

鄭貞銘（新聞暨傳播學者）

在急躁不安與浮動的當今社會，一個人要過理想的寧靜日子，並不容易。因為社會的外誘太多，繁華俗世，讓人眼花撩亂，如果自己沒能有一股安寧的定力，總不免為這許多的亂象而震驚、而不安，甚而導致悲劇的發生。

所以歷史學家錢穆告訴我們，今天社會最重要的問題，是我們要如何安我們的心；我們的心安好了，自然能抵禦外力，尋找屬於我們寧靜的生活，為自己的理想而奮鬥。

我發現，文學的溫和力量是「安心」最好的良藥。麥克阿瑟曾說：「世界最偉大的力量來自溫和，它比任何的武器具有更大的力量。」

文學是我們永恆的溫暖與永遠的陪伴。

胡適也堅信文學思想的影響超越所有武器力量。因為文學家也常是思想家，而且是有人的體溫的思想家。文學家以深刻的觀察，生動的描述，探索出人性的心靈深處，無論是愛情、憂愁、憤怒或悲傷，皆能躍然紙上，深入人心。

我觀察許多文學家，大都有悲天憫人的襟懷，把人文精神發揮到最深處。所以他們的生活是豐厚的，是慈悲的。

有人形容名作家林海音女士是「這裏拉一把，那裏拉一把；這裏放一馬，那裏放一馬」。如無文學家真正寬厚的襟懷，如何能形成這樣一令人動容的人生觀。

趙俊邁君是一位專研新聞傳播的專業人士，有豐富教學與實務經驗，他能在新聞文學注入生命，把一尊尊文學家的容貌刻畫得如此栩栩如生。

我很羨慕俊邁先生在台北之外，又能在異域紐約停留過這麼長的時間。在《世界日報》之外，又為馬克任先生接棒擔任北美洲華文作家協會會長，得能與許多大師與一流作家結成莫逆；他使新聞文學躍動起來，不僅刻畫文學，也刻畫生命。

在《遠颺的風華》一書中，為他所採訪或懷念的人物，無論是夏志清、余光中、司馬中原、白先勇、張充和、施叔青、趙淑俠、濮存昕、余秋雨、馬蘭、聖嚴師父、馬克任、趙寧，都是我們所熟知且傾慕的名人；透過俊邁先生的親身體會，這些社會菁英的生命歷程與生活精粹，都觸動了我們心靈。

我認為，俊邁先生作品之所以能打動人心，最主要的是因為自己的新聞生命中注入了人文精神，這些人文精神包括了人的自覺、人的理性、社會關懷、文化素養與無我態度。

我一直認為，文學就是人性與關懷，它鼓舞人生，沉澱浮躁，反映一個作家的真性情，也刻畫一個時代的悲與喜。這種情懷是我認識俊邁先生的三、四十年間所深刻體認的。

因為有人性，所以即使是戰場上的大英豪也如同凡人一樣，有時會嚎啕大哭。曾任美國國防部長的鮑爾曾說：「在每次戰爭後，我都會大哭一場。」這就是人性。所以鮑爾說：「對於那些從來不哭的人，我倒是十分害怕的。」

文學紀錄歷史，反映時代，例如：台大教授齊邦媛的那部《巨流河》，就反映了一個時代知識分子的心中的吶喊。

台灣關懷文學發展的人，對最近若干年來台灣年輕人掌握純文學作品的能力，表示憂慮，我也有同感，我希望台灣的副刊發展有一天能回復到過去的輝煌時代，像：孫如陵、高信疆、瘂弦、梅新一樣，有一種使命感，而，那祇是一個夢嗎？

在數十年與俊邁先生「情如父子，誼同師友」的交往中，我深知他是通情達理、溫柔敦厚而又重然諾、重情義的文學大將；我相信在他筆下，一定還會生產出許許多多動人的作品。

雖然說，時間如大盜，偷走了我們一切熱情、理想與體力；但俊邁的哀愁與榮耀，都將長留人間，成為典範。

二〇一四・二・二十六

於台北　正維軒

序之二

他們的成就因俊邁的書寫而長存

汪班（紐約聯合國資深中文教授）

趙俊邁先生《遠颺的風華》中介紹的文化界人物，除了余秋雨先生之外，多位我認識的人士都長年居住美國，其中一位是非中國人：Mimi Gates 女士。我早在八〇年代就認識了Mimi，是一次耶魯大學美術館舉辦隆重的八大山人作品的展覽會，當時Mimi是美術館的館長，經朋友介紹，我對她在中國文化美術方面豐富的知識很驚訝且佩服，後來Mimi去西雅圖美術館擔任館長，結識家姊汪珏，一見如故。不久，先慈搬去西雅圖定居家姊住所，Mimi幾乎每週都會抽空去看望她們，對先慈十分周到愛護，因此我對Mimi一直很感激，成了好友。

一次與Mimi談到中國書法，承她相告，我才知道原來她在耶魯大學曾受教於張充和女士，而充和與她先生傅漢思教授（Hans Frankel）和我是通過崑曲認識的朋友，這樣一來，就成了英文裡的那句話："Six degrees of separation" 中文大概可以勉強譯成「轉彎抹角都拉上了關係」。充和從二十世紀四〇年代起就是中國大江南北著名的才女，琴棋書畫無所不精，她填的詞無論是遷字或韻律都能與宋代大家媲美，書法篆隸真草無一不長，尤其是隸書，是當今舉世第一，她在崑曲上的造詣，不但講究行腔吐字，還能掌笛，手法口勁都有獨到之處，蜚聲中國海內外，至今還曲不離口，功夫不減當年。

另一位中國文化界的碩寶人物（legend）是先勇，在全世界享盛名已逾半世紀。我雖早聞其名，對他的小說很傾心，深深覺得他對人物的刻畫與行文饒有詩意，能與西方偉大的Tennessee Williams並列，但總沒有機會結識他，只和先勇的已故兄長先德交好，一直到二〇〇六年才在加州大學柏克萊分校由於「白先勇青春版牡丹亭」在當地首演而見面，特別讓我驚喜的是，很被他溫文可親的風度與他的幽默與機智感動，幾年來越認識他越覺得他具有孔子所謂「君子坦蕩蕩」的性格，對我來說，是難得的啟示，也是緣分。

我自幼對戲曲和戲劇都有興趣，說到中國的話劇，當然最崇拜的是曹禺的作品，對他創作的《雷雨》，《日出》，《北京人》，和《原野》等等劇中的台詞都能背誦。從來沒想到幾年前在紐約認識了曹禺的小姐萬方女士，她也是劇作家，中國著名的電視劇《空鏡子》就是她的傑作，更沒想到是她自然大方的言談態度。與萬方做了訪談，很是償了我自小就想拜見曹禺先生而沒機會實現的心願。

本文集中也介紹了當今中國另一位散文和戲劇大家，就是當代最享盛譽的余秋雨先生。我記得第一次拜讀他的《文化苦旅》，看到他寫到中國西北那黃土與風沙，文字和思想都極悲壯，有驚人的感染力，使人泫然欲淚。後來我在紐約與他會面，是位文質彬彬，很富詩意的學者。

趙俊邁文集中寫到的何勇，是我的摯友，（我對他說過：我最佩服的朋友中有「二勇」，一是白先勇，一是何勇：不是戲言。）論人品德行，何勇是中國文化中最理想的「君子」，說到他的學問，尤其是英文的造詣，在我熟識的朋友中，只有夏志清先生能和他並論，我學習英文，得益於何勇最多。

說到英文造詣，提起夏志清先生，都讓我痛心，夏先生在二〇一四年一月逝世了。志清先生在文學評論上的成就和建樹已經有太多專文撰寫，我要提的是先生的英文寫作確是典雅流麗，選字獨到，句型語法精湛，已臻化境。分析評論張愛玲等的英文作品，已經成為全美國各大學研究中國文學必修讀物。而其為人自然，真摯，渾如天成，毫無雕琢做作，是謫仙，不是俗子。

十年前紐約作家協會舉辦了一場慶祝夏志清先生的盛會。就是在這場慶祝會上我結識了趙俊邁，此後看過他許多文章。由於俊邁在新聞界是名記者，名編輯，對中國古文和詩詞又都有深刻豐富的研究和領會，他寫出來的採訪文章內容特別生動而真切，語言分外活潑而優美。他在美國多年，由於他性格剛毅正直，待人和藹真誠，這本文集裡的人物都願意與他交談為友，吐露心聲。

以上提到的朋友，都是有成就的人物，他們的成就由於俊邁的書寫介紹而長存，相信他們都感激俊邁，而俊邁又囑我為他寫序，我也感激他，但書不成文，多有愧意。

二〇一四・二月於紐約

也是「序」
異地保存的瑰寶

歷史是由人寫下的，有些人正在寫歷史。

有些歷史要求諸野，有些文化因「異地保存」而得以淵遠流長、芬芳悠久！

本書中記錄的對象，都是在中華人文史上留下濃墨華章的精采人物。人情若春華秋雨，世事如桑田滄海，沉浮多變、際會無常。對一個時代特定人物的紀實，可以在多變無常的滄海桑田中留下春雨之滋潤和秋花之容顏，使安駐一代又一代後來者的心中。

本書中紀實的人物，多為學古窮今、錦繡風華之士，最特別的是，其中大都久離桑梓之鄉，旅居故國外的海角天涯，雖處異域遠離固有文化土壤、置身繁華喧囂的北美各大都會，心靈深處對傳統中華文化之沉寂，反有冷眼熱心之觀照，因而在他們的言語之間，總流露出「暮雨青烟寒鵲噪，秋風黃葉亂鴉飛」的另一種悲欣交集。

這本集子中的文字，多為曾在北美《世界日報》副刊或周刊登載之紀實報導，紀實不一定是五個W、一個H那麼刻板，若用文學的詞句，也可以寫得美美的，這是筆者一再提倡的「紀實美文」。

但由於紀實文學具有時效性及新聞性，而此書中文章的時間，距離當初的「新聞性」基本上是有「時差」的，為保持紀實美文的特色，時態上不做修改，保持原汁原味，或可視為短短時間裡的「歷史」！

出版此書的起心動念，是為了感念人生中一些重要的人！

嘗聞：「懷恩報恩恩相續，飲水思源源不絕。」

感謝人生旅途中相親、相愛、相陪、相伴、相助、相護的親人、師長、朋友們，還有擦身而過的有緣人，因著您，讓這世界變得更美麗，生命顯得更圓滿！

藉本書的出版，讓我們一起用誠摯的心——思源、感恩！

趙俊邁於紐約

目錄

懷念

感懷

紀實

Mimi 蓋茲——念念中國文化情

Mimi 蓋茲在華人聽眾為主的演講會上，正準備講稿。

彳亍在碧天黃沙的絲綢古道上，腦中迴旋的是歷經千百年風塵蠹蝕下，依然光華璀璨又巨大宏偉的敦煌石窟藝術，如何保護這一座一座藝術文化的殿堂？Mimi蓋茲有著一種無法言喻的感懷，糾結牽扯著她對中國文化藝術的情緣。

二〇一〇年七月，Mimi組織成立「敦煌基金會」，核心成員包括雅虎創辦人楊致遠、百人會發起人之一唐騮千等。她要為世界上喜愛中國文化藝術的人搭一座橋。

Mimi蓋茲是個中國迷，她說：「我癡迷於中國的璀璨文化和悠久歷史。」

Mimi是微軟巨富比爾蓋茲的繼母，她說：「我是他父親的妻子，他很支持我。」

Mimi有個音譯的中文名字—倪密，她說：「倪，是取自十四世紀中國大畫家倪瓚的姓。」

Mimi擔任西雅圖藝術博物館館長十五年，致力推廣亞洲藝術不遺餘力。

Mimi目前主持「敦煌基金會」。五月二十一日應華美人文學會、哥大中國學生學者聯誼會之邀，來紐約演講「千古遺珍—敦煌佛窟」。

一九七二年在台北住了八個月

談到與中國文化的緣起，Mimi思緒飄遠的說：「我一九七二年就到過台北，我和前任丈夫和我們剛剛學走路的孩子住在陽明山腳下，住了八個月，我主要是到故宮博物院，研究元代道士畫家方方壺。」

方從義，道士。元代「放逸」派畫家，號方壺；一般中國人都不太聽過這位古畫家，Mimi則以他作博士論文。

談到台灣的八個月停留經驗，Mimi回憶：「那是一段愉快的時光，我記得市場裡滿是新鮮的蔬菜和漂亮的水果；走在大街小巷，很自在，而且生機勃勃；尤其，那兒的人都很友善，我們交到不少很棒的朋友。」

那次的台北研究之旅，她是獲得「福特基金會」的獎學金，「那個獎學金是針對有發展潛力的家庭婦女而設，我很幸運得到這個獎助。」Mimi謙虛的補充說。

一九七九年，她第一次訪問中國大陸，是隨「舊金山中國考古團」去交流講學。

一九八五年，她到北大學了一年中文。

然而，她與中國之緣，是更早起始於史丹佛大學三年級時，她以交換學生到日本東京慶應義塾大學學習，這所大學成立於一八五八年，是日本最古老的大學，也是日本一流的高等學府。她在那裏接觸到了東方世界，深深被這些古老而神秘的文化所吸引；「回到史丹佛，和教授討論之後，我就以中國史作為主修課程，副修中國藝術史，從此我愛上了中國文化、結下了不解之緣！」而後她先後在愛荷華大學取得「東方與中國研究」碩士、耶魯大學「藝術史博士」。

獲得藝術史博士之後，她並沒有因為離開校園而減少研究亞洲文化的熱情，更進一步的，她把一生的興趣和事業都投注在中國文化和藝術上面，尤其在博物館工作期間，她有機會更多、更深入的接觸，能把這些美好的人類歷史結晶，介紹到美國來，讓它們發光、讓它們綿延流長！

從張充和學書法達十年之久

從史丹佛大學的學士到耶魯的博士，Mimi 的研究範疇始終不離中國傳統文化和藝術，尤其鍾情中國的書法和繪畫。她本人還曾在耶魯和華盛頓大學教授中國藝術史。

「曾在台大、普林斯頓和耶魯大學教中國藝術史和書法的傅申教授給我取了『倪密』的中文名字。倪是十四世紀中國畫家倪瓚的姓。密是『秘密』跟『親密』的密。」Mimi 對自己的中文名字做了道地中國式的解釋。

她還有一位老師，專習書法，那就是她最崇敬又欽羨的張充和先生，Mimi 說：「當我在耶魯讀完博士班當上了亞洲藝術博物館的館長，我就開始跟張充和老師學寫書法，前後學了十年；她不止對書法有很深的功夫，對崑曲更是精道。她淵博的中國文化知識以及多才多藝的藝術涵養，給我極大的啟發。」在 Mimi 心目中，張充和有如稀世珍寶。

Mimi 回憶說：「在一九八五年，張充和和她的先生 Hans Hermannt Frankel（傅漢思）教授還有我和 Maggie Bickford（畢嘉珍）教授一起策畫一個名叫『Bones of Jade, Soul of Ice（玉骨冰魂）』的展覽，這是一個非常美的工程。」

Mimi 用蘇東坡的一首詠梅詩：「羅浮山下梅花村，玉雪為骨冰為魂；紛紛初疑月桂樹，耿耿獨與參橫昏。」作為中國梅花的英文詮釋，於是有了「Bones of Jade, Soul of Ice」之句，她以「玉骨冰魂」貼切的描繪了梅花在冰雪寒冬之中，越冷越開花的傲然與堅韌。

更且，她還用「一株永不凋謝的梅花」來形容可敬的老師張充和。

二〇〇五年一月至四月，以「古色今香」之名，西雅圖藝術博物館舉辦了一項特展，展覽籌畫、布置、展品嚴謹莊重，開幕酒會貴賓雲集，數達千人，為藝術文化界一時盛事；特展主角是張充和先生，當年她高齡九十有二；展出內容包括她的書法、丹青，以及崑曲演出的戲服、錄影和她使用的玉笛。這是在美國第一次為張女士書法創作完整而有系統的回顧展。特展的主辦人正是張充和的學生、西雅圖藝術博物館館長 Mimi。

籌辦「千古遺珍——三星堆精品」美國巡展

一九九四年 Mimi 接任西雅圖藝術博物館館長，這是她人生中一個重要里程碑；那年，她和喪妻的老比爾・蓋茲相遇、相戀、結婚；擔任館長十五年期間，她來往北京、上海、敦煌和台北至少二十多趟，目的都在接洽她的博物館展出事宜，和促進文化展品的交流。Mimi 難掩興奮的表示：「真的感恩，這段時間給我難能可貴的機會，實現我的人生理想。」

她無法忘情兩次重要的中國文物展出，且讓我們先從新聞報導中回到現場：二〇〇一年五月二日，「千古遺珍——巴蜀文物精品展」在西雅圖藝術博物館舉行隆重開幕儀式，特地從四川前來出席的四川省文化廳廳長張仲炎表示，二〇〇〇年西雅圖博物館（Seattle Art Museum）館長前往三星堆參觀時促成這次的中美文化交流盛會。一百七十五件參展文物分別來自四川省博物館、三星堆博物館、成都博物館及綿陽博物館。為了幫助觀眾瞭解展品中的精品，館內設計了高科技模擬的三星堆祭祀坑、語音導讀、多媒體電腦網站。

新聞稿中的「西雅圖博物館館長」指的就是Mimi蓋茲，「四川三星堆發現的是extraordinary（稀世）古文物，由許傑策展，後來在紐約大都會也作了展出。」Mimi輕描淡寫的如此敘述，實際上，整個展出能在美國成功舉辦，前後的接洽、研究、準備共經歷五年，過程一波三折，中外媒體將之評價為「罕見的」、「世界上獨一無二的」。Mimi當然就是這轟動一時的中國國寶跨海展覽的重要推手。

「千古遺珍」共展出一百七十五件四川古代文物，其中三星堆文物七十六件，包括青銅面具、頭像、禮器、玉器和金器等。在西雅圖藝術館展覽結束後還分別在德州金貝爾 (Kimbell)、紐約大都會等知名博物館展出。現任舊金山亞洲藝術博物館館長的許傑，當時擔任西雅圖藝術博物館中國藝術主任，能將中國這麼寶貴、重要的歷史文物展現在美國民眾眼前，他亦功不可沒。

Mimi談到的另一展覽，名稱是「Stories of Porcelain, from China to Europe」，那是起因於一次無心插柳柳成蔭的文化探索之旅。一九九五年她得到Asian Cultural Council的資助到中國進行瓷器史的探研，當她在景德鎮看到出土的明朝瓷器，驚豔於那晶瑩剔透之美，在那瓷器的故鄉整整浸淫了三個星期，她走進古窯的世界，欣賞到亦古亦今的精巧瓷器，沉醉在精緻、圓潤、高雅的藝術瑰寶中，她讚嘆中國瓷器藝術之美。這段近乎奇遇的探索之旅，種下了一九九九年舉辦「瓷器的故事」特展的種子。

登高一呼成立「敦煌基金會」

說起來，都算是緣分吧，當站在敦煌莫高窟的石洞之中，看著四壁的佛像、飛天、斑斕的色彩、古樸的雕鑿，她震撼了！洞外陣陣朔大的風沙吹過，她感動了！

她看到、接觸到那群守護著七百多個山洞和無價雕塑、壁畫的人──「敦煌研究院」，他們肩負的是一項歷史的、文化的、藝術的沉重任務，「他們在沙漠戈壁裡辛勤的工作，不但在學術上、管理上費心勞神，還要兼顧工程和器材的管理；研究院院長樊錦詩、副院長王旭東都很傑出，樊院長把她生命中寶貴的四十七個年頭都交給了敦煌！」Mimi 對這群敦煌守護者感到敬佩。

對致力文化歷史推展發揚工作的 Mimi 而言，還有著想要分擔這「沉重任務」的使命感和雄心。

二〇一〇年七月，她登高一呼，在美國成立了「敦煌基金會」，眾多支持者當中還包括「雅虎」創辦人楊致遠和「百人會」發起人之一唐騮千。這個基金會立即開展加強與世界各地研究敦煌學的學術交流、策畫舉辦展覽、保護文物等多個目標。Mimi 指出：「我們基金會的 partner 就是遠在中國西北甘肅的『敦煌研究院』。」

二〇一〇年四月底，在敦煌市三一四省道南側，距離莫高窟十五公里，一個叫太陽村的地方，那沙漠戈壁中展開了一項巨大的工程，「莫高窟遊客中心」正式破土興建。

「莫高窟遊客中心」占地面積六十畝。包括有遊客接待大廳、多媒體展示、數據影院、環幕影院、辦公室到郵局、銀行、餐廳、購物區等等設施。通過現代數據科技展示，遊客可以「身臨其境」觀看洞窟的彩塑和壁畫，在這個中心遊客可以了解莫高窟乃至整個敦煌的歷史文化。

這項工程除了觀光目的，最主要、最大的使命功能，乃在於疏散敦煌石窟的觀光客，以減少對實地文物的損害，可起到

Mimi 蓋茲演講敦煌文化。

維護的作用。

對於「莫高窟遊客中心」這項核心價值，正與 Mimi 成立「敦煌基金會」的宗旨不謀而合。的確，Mimi 與「莫高窟遊客中心」有著非常密切的關係。因為目前正在建造的遊客中心還有很大的資金缺口，「敦煌基金會」其中的一個運作重點就是為莫高窟遊客中心募資。

二〇一〇年十一月二十五日在北京長安俱樂部，和今年一月二十一日在加州 Menlo Park，由 Mimi 和敦煌研究院樊錦詩院長、雅虎楊致遠共同具名主辦的活動，便是推展贊助「莫高窟遊客中心」建設募款。

Mimi 說明「敦煌基金會」是一個非盈利機構，她說：「它將為喜愛古蹟文化的美國人搭一座橋樑，更進一步，我們要和 UNESCO（聯合國教科文組織）連線，UNESCO 把希臘、羅馬、印度、波斯、中亞、俄國和中國悠久繽紛的古文化匯集成一個平台。我們的目標是以活動、旅遊、募款等方式來增進人們對敦煌的了解和重視，重要的是保存給下一代，代代相傳下去！」

與比爾．蓋茲的溫馨互動

「談談您和比爾．蓋茲的互動」，這是許多人感到興趣的話題，然而 Mimi 有意無意之間巧妙的迴避了這個主題中心，她說：「從一九九四年我到了西雅圖來管理西雅圖藝術博物館，認識了老比爾，他當時失去了前任太太 Mary，他們有三個小孩，兩個女兒和小比爾，從一開始蓋茲家庭就給了我一個非常溫暖的歡迎。」

Mimi本身是獨立能幹的女強人，她很高興成為蓋茲家庭的一分子，也感到溫馨美好，但她和比爾各有各的事業和興趣，各自也都有極為卓越的成就，Mimi跟她這個全球知名的繼子仍有著溫馨的互動，她說：「小比爾和他的太太Melinda在許多方面都很大方的支持我、鼓勵我，尤其是西雅圖藝術博物館的一些工作。」

「我覺得非常的幸運能成為這個美好的家庭的一分子。老比爾・蓋茲是一個在西雅圖有名氣的律師，也是一位慷慨的慈善家。我有個體貼的丈夫。」Mimi淡定又滿足的做了結語。

這位充滿智慧、才氣、獨立，熱愛志業的女強人，且莫說無關風情，只是她把柔軟依人的一面留在老比爾的身邊了吧！

Mimi蓋茲全家福。

夏志清——虎口蒙難記

夏先生九十大壽時獲馬英九總統贈條幅道賀。

現代中國文學評論大家、中央研究院院士夏志清教授，剛從虎口繞了一圈，幸運的回到我們身邊。

俗話常以「虎口」比喻驚險程度危及性命，而夏先生此次走過的，是讓許多人有「羊入虎口」恐懼感的「醫院」，尤其海外華人在醫院急診室更能體會「我為魚肉」的苦惱和不安全感。夫人王洞女士，回憶當時情況，驚魂未定的說：「我們夏先生差點回不來了！」

夏先生是紐約華文作家協會的元老會員，更是作協的鎮會之寶；二〇〇五年，作協特別為他舉辦了一場演講會，這場夏先生自己稱謂的「第一次用中文談『我如何在美國研究中國文學』的演說」，轟動美東地區文藝界。

他還給紐約作協出版的文學刊物「文薈」提供作品，並親自校對自己的稿子，除了中文字的修正、英文拼音字母的校改，即便是標點符號的使用，他都嚴格要求，其慎重、用心為文治學的精神，令人欽敬！

夏先生做學問一絲不苟，但做人則灑脫有狂狷氣、言談幽默充滿智慧，致有「老頑童」之稱；就在他從醫院回家不久，筆者馳電問候，電話彼端傳來夏先生中氣十足的聲音：「我還有好多事情要做，怎麼可以隨便倒下！」

在一個沒有安排復健護理的午間，筆者前往探望他，是先生親自應的門，「你看我走得很好，可以給你們開門啦。」他的臉色紅潤，精氣神十足，毫無久病初癒之態。

讓進客廳還沒坐定，夏先生忙不迭開懷又自豪的說了：「我奮鬥了六個月，不改樂觀，就要活下去，I love this life，你看，我是這樣偉大啊！」

多氣魄瀟灑，一開口，仍不失昔日的自信與率真，好一個現代版學術界的「周伯通」！

今年二月上旬，剛過完元宵節，撥電話向夏先生拜晚年，孰料，電話裡卻傳來夏先生住院觀察的驚人消息。

「夏先生在醫院呢，剛巧我回來拿些用品，馬上還要趕去，這次夏先生情況很嚴重！」夏太太的聲音顯得很緊張很無助，幾乎有些哽咽，「正好你打電話來，我真不知該怎辦好。」

「慢慢說，有困難，大家一起想辦法！」筆者一時之間也矇了，不知該怎辦，只有先安慰她。

夏太太在電話裡將情況做了簡要的敘述。

夏先生農曆年前就有些不適，一月二十九日，年初四，覺得發燒，吞嚥困難，二月二日，去看家庭醫師，照X光，得知是肺炎，希望安排住院醫療，對方答覆醫院病房客滿。

二月五日，家庭醫師度假去了，他們只得自行到附近的 St. Luke's 醫院掛急診，抵達後，夏先生和醫師護士還有說有笑，不料，值班醫師餵他吃了優酪乳（yogurt）後，夏先生忽然不能呼吸，而進行搶救，推入加護病房。當天是夏先生的農曆生日。

二月七日，院方認為夏先生體力衰弱，隨即在夏先生鼻子裡插入管子，以助飲食，並以氧氣罩幫他呼吸。

第二天，來了一位年輕醫師，看了X光片，認為鼻管插得太低，怕傷及聲帶，於是將管子拔出重新調整，誰知，居然接連插了幾次，都無法順利完成；夏太太心疼的抱怨：「夏先生被折騰好一陣子，受罪哪！嚇死我了！」

夏先生無法自己飲食，靠吊點滴補充養分。「夏先生年紀大了，這裡又沒人主治，如果再這樣拖下去，真怕他出不了醫院！」

如此的描述，眼前的畫面十分具象，醫院急診室或加護病房，生命與死亡僅一線之隔的陰森恐懼，不免令人倒抽口冷氣，為夏先生感到難過、焦急。當夏太太問到有什麼辦法「救救夏先生？」實在無言以對，只能乾著急。

夏先生交給「文薈」發表的〈先談我自己〉（《談文藝 憶師友》夏志清自選集）一文中，這樣寫著：「除了專治中西文學之外，我讀書興趣很廣，包括繪畫、電影、建築在內。住在紐約真是福氣，每去大都會博物館一次，也就多給我機會去重賞那些名畫。重映舊片的小戲院這樣多，二、三、四〇年代的歐美名片實在是看不完的。」

躺在加護病床上的教授啊，可曾體悟這也是紐約的另一面，是你一直深愛的紐約呀！

八十八高齡的老先生，雖客居異鄉已數十載，雖是主流著名大學教授，縱然是馳譽歐美的漢學界領軍學者，縱然為自己同胞視為國寶級文壇重鎮，彼時彼刻，昏睡加護病房中，命懸如絲，不由讓人興起「斯人獨憔悴」的感嘆！

美國醫療體系，本就令人高深莫測，外界根本難窺其堂奧；若想透過醫療內體系，形成影響，幫助夏先生獲得更得當的治療，不啻天方夜譚，但若尋找「醫學界華人」，或許還多些機會。

在醫學界具有影響力又具有知名度的華裔，眼前只有一人，何大一；他是世界聞名的醫學科學家，於一九九六年研發出「雞尾酒式處方」，獲選為《時代》風雲人物，被推崇為創造歷史的人物。

何大一和夏志清是在二〇〇七年秋天，歡迎白先勇訪紐約的一場宴會中結識，當天兩人同是貴賓與主客白先生比鄰而坐；雖然兩人治學領域不同，但彼此仰慕與敬重，大有惺惺相惜之感，席間互相敬酒，笑語歡談。筆者當天有幸也在場，此一因緣，促成靈光乍現：找何大一幫忙！

無疑的，何大一是夏太太所謂「救救」夏先生的最佳人選。

立刻回撥電話，夏太太還未出門，趕緊把此一想法說了，她也認為是唯一的好途徑，「怎麼找何大一呢？」她反問。

「請 Ben 去找！」毫不遲疑的給她答案。

Ben，是夏志清好友汪班先生，他尊夏先生為老師，是故舊老交情了，曾在哥倫比亞大學、聯合國、紐約大學和華美協進社執教數十年，對中國文學、語言、戲劇都有淵博的造詣，他用英語教授《詩經》、《楚辭》、《紅樓夢》、唐宋詩詞等課程，很受美國學生喜愛。而何大一正是他的學生之一，彼此尊重十分投契，建立了深厚的友誼。

汪班得知夏先生的境況，非常焦急，也認為透過何大一應可幫助解決夏先生的住院問題及改善醫療方式。

待汪班傳回消息，知道何大一正在倫敦開會，據何太太說，他隨後要轉往香港參加另一醫學會議，短時間內不會回紐約。

不論香港還是倫敦，距離哥大附近的這家醫院，此時倍感遙遠！

正發愁，汪班電話中傳來希望之音：「我已請大一太太在他 cell phone 裡留言，請他一得空就給我回話，相信大一會幫這忙的，我會告訴他：夏志清是咱們的傳奇，是國寶！」

第二天，得到汪班的好消息，跟何大一說上話了，他答應會盡快了解情況，做最大的努力。夏太太也接到汪班的電話，心中寬慰許多！

過了兩天，夏太太「百忙之中」打來報平安電話，告知，醫院接獲 Dr. 何的電話，他向院方醫師瞭解了病人 C. T. 夏的病情及醫療方案，「情況」有了改善，接著，家庭醫師度假歸營，夏太太總算安了心，她不停的感謝 Ben 和大一。

可是，二月十八日，病情又轉壞，無法正常呼吸，醫師建議在他喉管及胃部各開小洞以助灌食，夏太太一時難做決定，她要等何大一，徵詢他的意見。

二月二十五日，何大一返回紐約第二天，旋即到醫院探望夏先生；昏沉中的夏先生還在紙上寫：「Ask him to help me!」「I am younger than Hu Shih,I should not die!」（筆者註：指胡適先生）。

二十六日，做了手術，完全靠機器和管道呼吸和飲食。

三月三十日，以肌肉萎縮無法恢復原因，夏先生被送進新布朗士區的療養院，期間發生嚴重感染，經細心醫療、照顧，五星期後恢復正常。

六月一日，不需輔助器可以自己呼吸了，因而拔去插管，被轉送紐約療養院，開始進行復健。

八月五日，夏先生終於出院回到家了，不過仍需接受家庭護理的復健治療。

夏太太總算鬆了口氣，半年來，她奔走於家裡、醫院，忙進忙出，顧前顧後，連頓正經飯都沒好好吃過，以往喜歡散散步、下個小館、喝杯咖啡，還有看場電影的逍遙樂趣，已然成了遙不可及的奢求！

六個月的辛勞，她清瘦了不少。

打趣的問：「您這不是『衣帶漸寬終不悔』嗎？」

「他才瘦得更多呢！」夏太太回答的輕描淡寫，簡單話語中沒有激情也沒有矯情，有的只是真情，那是他倆相濡以沫數十年積澱下的關愛和恩義。

夏先生以超人的意志克服病痛帶來的困苦與阻撓，勇敢且堅強的從虎口裡走了回來，或許這就是「智者無憂」、「勇者無懼」吧！

不過，這位智者還是有脆弱的一面，據太太爆料，夏先生在病床上曾一度感到很沒尊嚴、了無生趣，吵著要「交代後事」，結果所交代的全無關財產之事，而是告訴她：濟安哥哥的信札放在哪，張愛玲給他寫的信藏在哪，喬治高的又是收在哪！

輾轉病榻，他心裡惦記的還是文學，懷念的依然是故人情義啊！

夏太太特別秀出她電腦記事簿裡一段記載，二十四日，當何大一站在病床前，夏先生不能言語，頭腦也並不很清醒，但他在紙上用中文寫了「名人在此，何日再來？」談及此，夏先生樂觀的說：「我真的覺得自己太幽默了！」

儘管鼻子裡、身上插著管子，無法言語，他不失「頑童」本色，用筆談還跟小護士開玩笑，逗得她們笑聲不斷，看來病房裡可是春風鬧人呢！

「我不怕死！因為我開朗、不吊兒郎當，絕不要說年紀老了就無所謂了！凡事還是要認真的。」夏先生自豪的說，「我六個月裡住了三家醫院，現在比以前還健康，照常看書、讀雜誌、講笑話，只是太久沒走動，散步有點困難，但我每天練身體。」

他所謂的練身體，是每隔一天，家庭護理到家中，幫夏先生練習走路、爬樓梯等動作。夏太太很欣慰的說：「夏先生很聽話，恢復得很好，連醫生都誇讚，他的血壓、血糖反而變得很正常！」

他倆又開始下樓散步了，夏先生可以推著助行器走一個 block；鄰居們最近也常在路邊的咖啡座上，見到這對老夫妻的身影，於初秋午後的斜陽裡相依啜品咖啡；是否，他們正回味著一路走來的甘甘苦苦？

悲續

言猶在耳，哲人其萎！

二〇一三年台灣時間十二月三十一日清晨，趙淑俠大姊自紐約以 E Mail 傳來夏先生逝世噩耗，令人震驚，痛心！巨星隕落，世人莫不為之悲痛！

夏先生是北美華文作家協會資深會員，也是鎮會瑰寶，一向支持、愛護會裡的活動，先生對朋友晚輩，素來給予莫大的鼓勵和教導，相信有很多很多學界、文化界的先生女士，都對他致以最高的敬意，永遠懷念他！

在獲知此不幸消息第一時間，立即撥打電話到紐約夏公館，那頭傳來夏太太的聲音，還是那麼堅強的語調：「夏先生走了，好難過啊！他走的很平靜，沒有痛苦，是在睡夢中走的，只可惜沒等到過新年！」

「醫生說他心臟已衰竭到末期，告訴我他還有六週的生命，顧念他的病痛，擔心在家裡急救困難，我們就住到安寧病房，沒想到才十天，他就走了，太快了。」夏太太原本平靜的語調，說到這兒，還是掩不住對老伴的思念，透出深痛的哀傷。

她說：「夏先生生命力很強的，原以為可以熬過新年，知道嗎，再過兩個月就是他的生日，是陰曆一月十一日，陽曆二月十八日。這就要過新年了，我沒有主動通知任何人，怕沖了人家新年喜氣！」

夏太太在等王德威教授一月十五日返美，以及哥大東語系系主任十七日回紐約；「還有兒子、女兒都出去度假了，他身邊就我一個人，現在等他們回來，才能確定喪禮的事！」夏太太當時心情是很孤單的，期盼著親友的支持和幫助，「夏先生的好朋友，也是你相熟的叢甦、汪班都來過電話了，給我很多安慰。」不只如此，因為籌備追思會的事，來自學界、文壇的故舊也紛紛給他建議和協助，「夏先生人緣好，以前的同事、學生、朋友都很熱心給我很多幫助，真感謝大家！」

夏先生在中國文學上的地位和引領的評論作用是不朽的，先生在中英文寫作上的卓越成就也是永恆不滅的！夏先生夫人王洞女士，對他溫柔照顧，無微不至，可以說是先生此生極大的幸福。大家都誠摯地希望夏太太節哀保重！

早幾年，先生體力允許的情況下，尚由夫人陪著，遠從曼哈頓上城哥大附近的寓所，相扶相持搭地鐵，轉兩趟車到皇后區法拉盛參加作協的活動，他倆總是以不疾不徐的步伐踏進活動會場，必也總是引起熱烈歡迎掌聲；二〇〇五年，作協特別為他舉辦了一場演講會，這場夏先生自己稱謂的「第一次用中文談『我如何在美國研究中國文學』」演說，轟動美東地區僑、學、文學界。

二〇〇九年初曾寫「夏志清——虎口蒙難記」，以夏先生二〇〇九年初因肺炎引起心臟病，在醫院求診達六個月困境為背景，後受好友汪班和何大一大力幫助，終獲妥善醫療照顧，有如盤旋虎口六個月後重獲新生，夏先生以超人的意志克服病痛帶來的困苦與阻撓，勇敢且堅強地從虎口裡走了回來，或許這就是「智者無憂」、「勇者無懼」吧！

夏先生做學問一絲不苟，做人則瀟脫有狂狷氣、言談幽默充滿智慧，致有「老頑童」之稱；當年在他從醫院回家不久，筆者馳電問候，電話彼端傳來夏先生中氣十足的聲音：「我還有好多事情要做，怎麼可以隨便倒下！」

先生帶著鄉音、鏗鏘有力的音聲，言猶在耳，哲人其萎矣！

嗚呼慟哉！

張充和——古色今香一才女

民國才女人生繽紛如戲。

從北大到耶魯 縱跨一世紀

有人說她是：「二十一世紀中國最後一個貴族」，作家蘇煒稱她：「民國最後一位才女」，蓋茲夫人（比爾・蓋茲的繼母）譽她：「當今稀世瑰寶」，前哥大教授夏志清讚說：「她在中國古典文學和崑曲的造詣，今日而言是鳳毛麟角。」金安平教授在其著作《合肥四姊妹》中說：「她和三個姊姊，見證了時代的巨變。」波士頓大學教授白謙慎說：「她的書法，一如其為人修養，清淡之中，還有一種高雅氣質，而這種氣質在現代社會中越來越少了！」中國大陸書法家歐陽中石，以她為文，「南方週末」赫然題以：「張充和，這樣的老太太世間不會再有」。這般的形容、偌多的讚嘆加諸一女子身上，到底是怎樣的一個女子？此刻，且讓姑蘇城內九如巷裏的張家四小姐，從泛黃的年代走向我們；也讓我們從九十二高齡的充和先生眼中，探尋一個「古色流今香，翰墨四海芳」的繽紛人生。

九旬高齡 塵緣陡起

張充和，今年高齡九十二的老太太，耳聰目明，精神矍鑠，淡泊樂觀，身旁圍繞「粉絲」無數；出於尊重，熟稔的朋友、學生都稱她「張先生」或「充和先生」。就在張先生二〇〇四年過了九十歲生日後，居然塵緣陡起、驛馬星動；二〇〇四年秋在北京、蘇州，二〇〇六年初在西雅圖分別舉辦了她個人回顧展，幾乎一年一次大活動。二〇一三年四月二十三日，紐約市華美協進社還將舉辦「張充和先生成就研討會」，包括：夏志清、白謙慎、金安平等欣然共襄盛舉。主持這次座談者是三位先生一位男士：耶魯教授金安平、前聯合國中文部主任陳安娜、崑曲名家尹繼芳以及波士頓大學教授白謙慎。前哥大教授夏志清為特別來賓。

說到這些活動，充和先生有些靦腆：「我哪想這麼麻煩人呀！不敢當哪，我一向是為自己做喜歡的事，就如寫字、崑曲，沒想過辦展覽什麼的，更別說還參加什麼座談了。」帶著一點安徽鄉音，話語真誠親切。

華美協進社（China Institute）坐落於曼哈頓上東城，擁有一幢古樸的老建築，一九二六年由胡適之和他的老師杜威等創立，早年間曾請過梅蘭芳、馮友蘭、趙元任、賽珍珠、老舍、林語堂等在這兒演講。其中不少是張先生的故人。夏志清表示，這次研討會是難得的雅聚：「我很欣賞張充和的書法，一手字寫得好極！她的古詩詞造詣也很深，給Frankel（傅漢思的姓）很多幫助。可惜，我沒聽過她唱崑曲，這方面她是有名氣的。她的中國古典文學及藝術有一定成就。」他還說：「我很歡喜能在紐約和她見面，老朋友啦。」夏志清和傅漢思、張充和伉儷早年在耶魯就已相識。

蓋茲夫人　讚她有暗香之美

走過近一個世紀，她該是生活在古色塵封世界裡的垂老之人？其實不然！張先生是生活在二十一世紀耶魯世界的十九世紀中國女子，自是一番「古色今香」！

以「古色今香」之名，今年年初西雅圖藝術博物館（Seattle Art Museum）舉辦了一項為期三個月的特展，展覽籌畫、布置、展品嚴謹莊重，開幕酒會貴賓雲集，數達千人，為藝術文化界一時盛事；特展主角正是張先生，展出內容包括她的書法、丹青，以及崑曲演出的戲服、錄影和她使用的玉笛。這是在美國第一次為張先生書法創作完整而有系統的回顧展。內有楷書、隸書、行書、草書多樣風格的墨寶，精采有神的展現在中外人士眼前。此次特展的主辦人是西雅圖藝術博物館館長 Mimi Gard-ner Gates 先生，她是微軟總裁比爾・蓋茲的繼母，曾師從充和先生習書法，這個老師在她心中，有如稀世珍寶。對張老師淵博的中國文化知識、以及多才多藝的藝術涵養，蓋茲夫人充滿欽羨敬佩之情，她如此描述：「在我心目中，她

古色今香的才女。

是一株永不凋謝的梅花，正如她吟詠的詩詞中的梅花一般，美而卓絕。」這位亦友亦徒的知交，深深折服於充和先生暗香浮散的親和婉約之美。

要一窺充和先生此生，無異展閱一幅長卷畫軸，若細說從頭得溯及清末民初，若詳述今朝則要深入耶魯校園；時間縱跨一個世紀，地幅橫越東西兩半球，其中內涵包羅詩詞書畫、崑曲吟唱，傳藝授業、宣揚文化。

合肥四姊妹　驚豔民國文化界

然而，談到充和，就無法割捨「張氏四蘭」；金安平先生，史學家史景遷的夫人，著有《合肥四姊妹》，這應是描述張家四姊妹最具全貌的作品。張家四姊妹，指的是蘇州合肥張家的四千金；怎把合肥搬到蘇州去了？

張家是名門，祖籍安徽合肥，與李鴻章是小同鄉，曾祖張樹聲也是晚清一品大員，任兩廣總督，辛亥革命後，乃遷居蘇州。因之，有蘇州合肥之稱！四位小姐的父親，張冀是位新派教育家，在蘇州創辦樂益女中，開女子學校先風，聘張聞天、柳亞子、葉聖陶等任教，因此，張家四

妙齡姿容。

姊妹得以與這些聞人大家親近學習。張家四姊妹是第一批中國公學預科生，就這樣，他們從容的從傳統官宦階級走進自由開明的新時代，同時也在民國文化界揮灑出令眾人驚豔的彩墨。

張家大姊元和嫁崑曲名家顧傳玠，二姊允和嫁語言學家周有光，三姊兆和嫁文學大師沈從文，四妹充和則在北大教學時結識德裔美籍漢學家傅漢思（Hans H. Frankel），繼而相戀，兩人婚後來美定居，一九六二年傅漢思受聘耶魯大學東亞系教授，充和先生也開始在耶魯大學美術學院講授中國書法，至一九八五年退休。她退而不休，至今仍與學子談曲論書，傳授心法，孜孜不倦未曾停歇。

流光易逝，歲月滄桑，三位姊姊已先後凋零，漢思先生於前年辭世，而今充和先生是四姊妹中碩果僅存的一位，也是多才多藝最具傳奇色彩的一位。作家蘇煒在《耶魯時光》中曾多次以張先生作主角，其中〈香椿〉一文裡，這樣寫道：「自張愛玲、冰心相繼凋零，宋美齡隨之辭世以後，人們最常冠於她頭上的稱謂是——民國最後一位才女。」

最後貴族？　難忘啟蒙師

致力崑曲詞曲翻譯的汪班，推崇充和先生的崑曲造詣，已至景仰地步，他素稱張先生為四姊，「四姊簡直是二十一世紀最後一位中國貴族」。

貴族？聽到這個「稱號」，張先生笑了，她輕柔地說：「我們早就不是貴族啦。民國以來就沒有什麼貴族之說了，不應該這麼說，再者當年和現在做大官的太多了，我絕不是什麼貴族。」然而，張先生確實和貴族有些「沾親帶故」，清末大臣李鴻章四弟的女兒，是張先生的二祖母，她在襁褓中便過繼給二祖母了，是二祖母一手把張先生撫養長大的。過房祖母為她聘的啟蒙先生朱謨欽，是她至今最難忘的人。儘管與胡適之、聞一多、章士釗、老舍、梁實秋、沈尹默、張大千都交誼匪淺，也都是文壇學界菁英，一代大師。但充和先生在被問到：「妳這一生最難忘的人是誰？」她沉吟了一會兒，徐徐而篤定地說：「朱謨欽老師，我最難忘了。」「從九歲到十六歲，是他帶我打下國學基礎。他是有名的考古學家，當年只四十多歲，教我《史記》、《漢書》，教我古文、斷句、寫字，他的真草隸篆樣樣都好。」

「可惜英年早逝，等抗戰後我回去找他，已經過世了，才五十多歲！」言下還透著嘆惋，雖然已經歷了大半世紀！

或許正是她最難忘的朱老師為她奠定的古典文化基礎，至今，她仍臨池不輟，行草隸楷都沒擱下。

「是，我每天練字，有閒了就多寫會兒，多半在早上，安靜嘛！」「除了練字，偶爾還會唱唱，就是不上台了，七十幾歲就『封箱』了。」「封箱，是梨園行裡的話，我借用來說明我不登台了，年紀大啦！」

美國名校開講　傳播中華文化

崑曲，張先生的最愛，一生不離不棄，自娛也傳人！移居美國後，張先生在三十多所大學舉辦崑曲演出、講學、座談等，她前前後後在加拿大、法國和港台等地三十多所大學或學術場合講授、示範崑曲，她的忘年交汪班說：「耶魯之外，包括哈佛、普林斯頓、芝加哥等名校，四姊把中國文化精粹傳播在這些校園之中。」

當年登台唱崑曲的扮相。

回到那年，張充和自合肥到蘇州後，隨名笛李榮圻度曲，習崑旦，爾後即活躍於北京、四川、上海戲曲社團，並登台演出。她不算是「票友」，她一直是以「文人雅士」的身分「拍曲子」。這是崑曲文士專有名詞，有別於科班名角的「唱曲子」。

她唱過《牡丹亭》、《邯鄲夢》、《西廂記》、《雷峰塔》、《長生殿》，有些折子如「遊園」、「驚夢」、「掃花」、「思凡」、「斷橋」等等。提起崑曲，張先生精神更足了，她回憶起和俞振飛、梅蘭芳等曲藝界泰斗的交往，一縷思緒飄向古早年月……，是一九四六？還是一九四七年？「記不太清了，反正是抗戰勝利初，我從後方剛回上海，我和俞振飛同台唱了一段折子戲『斷橋』；那是為了慶祝抗戰勝利的一次公演。」張先生感性的說：「那次演出很有紀念性，尤其是能和俞先生同台。」

俞振飛，在現今崑曲界被視為祖師輩的一代宗師！熱心於崑曲翻譯的汪班強調：「崑曲乃百戲之王，學唱不易，唱好更不易，若非真本事，豈敢與俞老闆同台？」

另有一段當年登台獻藝的有趣軼聞，北京的「中國現代文學館」收藏品中，有一盤錄音帶，記敘這段文人雅事，那是充和先生和梁實秋先生的一段對話，時間是一九六三年二月，地點在台北安東街三〇九巷梁宅，梁先生談話的錄音：「從前我們在四川的時候，我們（指與張充和）曾有同台之雅，她唱『刺虎』，和姜作棟兩個合唱，精彩極了。那回演戲是勞軍，是壓軸的戲，我表演的是跟老舍兩個人說相聲。」這段逸事又勾起充和先生不少回憶。

若非真性情 何來如此好天然

「那時候我們都年輕，我才三十歲，想起來很好玩。尤其那時候常粉墨登台，年輕啊！那年月……」悠然間，這位九十二高齡的老太太，已然是舞台燈光下，粉妝玉琢，蓮步輕移，折扇撲香，浪漫傷春的杜麗娘，「醉扶歸」曲牌裡輕唱「你道翠生生出落得裙衫兒茜，豔晶晶花簪八寶填」，「可知我一生兒愛好是天然」……

「一生愛好是天然」是她偏愛的一方閒章，經常用於自己書法作品落款成流白處，正是取自「遊園」中杜麗娘的唱詞。「我喜歡這句詞，它有兩種意思，原本是《牡丹亭》裡杜麗娘傷春自憐，對自己容顏的美好，十分愛惜，她愛漂亮，有天生麗質難自棄的自傲與傷情，應該唱：一生兒愛好（音郝ㄏㄠˇ）是天然。我用這章子的意思是，隨緣自在、平常自然，我不會做作，自自然然最好，所以在我這兒它唸：一生愛好（音號ㄏㄠˋ）是天然。」

多可愛的老人呀！若非這般真性情，何來如此好天然?!

充和先生具有雲淡風輕的韻致，透著古典才情的靈秀，長久以來平凡低調的生活，真有幾分「紅塵不向門前惹」的味道，這一切都緣自高潔古雅的情趣和豐富文化藝術生活。

張先生七十壽辰自書對聯：「十分冷淡存知己，一曲微茫度此生」。此中，老人寫出以生命譜出詩詞、書畫、崑曲唱吟的繽紛色彩，同時也清晰體會到她恬淡致遠的人生態度，那是一種絢爛極至於平淡，返璞歸真的真誠態度。她的老友，擁「聯聖」美名的張佛千為她製聯：「充」實為美，「和」璞是珍。這無疑是最佳註腳。

余光中V.S司馬中原——當瀟瀟冷雨遇上狂風沙

余光中（右）與司馬中原。

當「瀟瀟的冷雨」遇上「狂風沙」，是怎樣的情景？是「雨裡風裡，走入霏霏令人更想入非非」？

嗯！那是余光中與司馬中原煮酒論文壇興衰的場景！

畫面中抖落的餘音，有幾分「聽去總有一點淒涼、淒清、悽楚……饒你多少豪情俠氣，怕也經不起三番五次的風吹雨打」的況味。

榮獲終身成就獎

詩人余光中和小說家司馬中原分別榮獲「世界華文作家協會」頒贈華文文壇「終身成就獎」，另有歐洲華文作家協會創辦人、現居紐約的小說家趙淑俠女士同獲此殊榮。十一月二十九日於劍潭，在來自全球五大洲三百多位作協代表見證下，三位接受金質獎牌。

司馬大俠嘆喟又自豪的對筆者說：「我和余光中是台灣文壇的兩個門神啊，他是秦瓊，我就是尉遲恭！」聞此言，恍惚間，似乎看到狂沙滾滾蒼莽古道上的關八正獨白著：「關八啊、關八，你當年不是也背著一天灰雲、一身寒雨，往來這條荒路上麼？」聲調悲愴！

數十載歲月，風雨夾雜，文壇這條路，他們行來不易啊！

文學是無價的

余光中滿頭銀髮，削瘦的臉龐透出睿智的光輝，溫文儒雅的笑語，流露著詩人的風采。這位熱愛中國文學的英國文學教授說：「文學是無價的，而中文最有表現力，他是全球華人共有的資產，如何傳承自己的文化，是海內外華文作家共同的重要課題！」

眼看著電視、網路把讀者搶走了，「讀者」變成了「觀眾」，詩人感嘆兩岸的文學環境急速的改變，「『我們的文學很發達』這句話，聽不到了，沒有一個國家、沒有一個人敢這麼說了！」

「讀者」需要有語言文學程度、需要費神、費力才能閱讀，他認為，雖然有人把文學閱讀當作消遣，但文字語言仍在其中、文辭美學仍包含其間！現今的消遣，如漫畫、電視，不再用文字說話，新生代的文字功能、運用能力顯然消退！

詩人在遙想，那年頭文學青年的熱情澎湃是否像「美麗的灰蝴蝶，紛紛飛走，飛入歷史的記憶。」（引自《聽聽那冷雨》）

文學迷糊紀

司馬中原，這位現代文壇尉遲敬德嗓門的確雄壯：「文學受到電子科技影響，趨向輕浮短小、淺薄速成，尤其在商業化浮躁競爭的氣氛下，人們沒有餘情吟風弄月，也無暇欣賞天地之美。當然，我們也不能只怪客觀環境，作家們、出版商們、報紙副刊都應自省一下。」

他的言語不似《鄉野奇談》的玄乎，還是像《狂風沙》那般豪放：「我講話從來不拖泥帶水！」他說：「文壇的青黃不接，不是沒有好手，而是情勢比人強，逼得好手出不了頭；另一方面，不可否認，如十九世紀末、二十世紀初，抱筆以終，如高爾基、托爾斯泰這般終身以文學創作為職志的作家，今天已找不到，反倒是以版稅、排名為競者眾，利用民粹，彰顯自己的，到處可見。因此，這是一個文學迷糊紀、文學淪亡紀！」

余光中一本課堂上姿態，對兩岸文壇困境現狀，娓娓而談，他指出，外國翻譯小說搶攻市場，把本國作品「冷落」了，例如：雄踞銷售排行榜的《哈利波特》、《達文西密碼》等等，造成華文作品的壓力；另一方面，長期以來，青年學子分散精力學英文，沒有時間精神專注自己的文學，影響了新作家的產生。

至於現代人忽視自己文學的現象，教英美文學的余教授特舉例說明：「報章上流行用『性騷擾』一詞，這是外來語，雖然翻譯得很準確，但不是咱們中國話，中國古代難道沒有『性騷擾』？以前古人怎麼說？許多古典小說都出現過呀，西門慶對潘金蓮『性騷擾』？咱們中國人用的語詞是『調戲』！多雅、多傳神？為什麼大家都忘了？」

此例一出，無異替司馬的「文學迷糊紀」做了鏗然註解。

斲傷文學發展的因素

教授接著指出：「文言的衰退，也是斲傷文學發展的因素，我不認為單把白話文學好、忽略文言，可以寫好文章。現在的學生不但對文言不通，連成語都不會用。文言是精練的、精粹的、精華的文字，成語有簡潔、對仗、鏗鏘的特色，他們用在恰當處，有畫龍點睛之效；尤其，不用成語，寫文章就轉不過彎來。」這其中奧妙，豈是「三隻小豬」所能體會的？

對白話文的累贅，他也舉例：「如白話文的『那是唯一的一次』，用精簡的文言詞句是『僅有的一次』：大白話寫『唯一的兒子』，文言是『獨子』，在這些地方，文言文可以體現文字的精道！」

對於這觀點，司馬中原有異曲同工的說法：「我是一個『說書人』，每天一打開門，漢代就在眼前、唐朝就在眼前、古人韻事都在那兒，下筆之際，如何脫開那些古典瑰寶？」

相交五十年，半個世紀的交情，余光中肯定司馬中原小說成就，尤其喜歡他的《狂風沙》；「他在舊小說、民俗、地方戲曲以及中國文化下層的基礎很深，各種字句引用活潑、可雅可俗、俗的方面掌握尤好，民俗風貌濃郁，小說具有鄉野特色而且深入。」

好久沒看到《狂風沙》了，「現在又印啦！」與初版相隔四十年之後重新印行，作者掩不住喜悅，他並透露，去年在南京與大陸導演何平見了面，兩人就《狂》改拍電影一事，徹夜長談，小說作者很欣賞電影導演在《雙旗鎮刀客》、《天地英雄》片中，蒼茫遼闊又悲壯肅殺的場面調度風格，司馬說：「我對何平有信心，他一定能拍好《狂風沙》。」誰演男主角關八？「談了不少人，姜文是不錯人選。」看得出，他是相當進入狀況的。

兩人精神上的凝合

兩位年逾古稀的文壇老友，彼此欣賞、彼此關懷，處之以誠、待之以禮，俗云「文人相輕」，在此顯然說不通。不過當兩人相互調侃，其火力不遜其文字功力。

余光中說司馬最愛講話，兩人在一起，都是司馬一人說個不停，「他可以從白天說到夜裡，不停的，口沫橫飛的持續十多小時，這是他的特長，難怪他可以寫長篇小說。」

司馬的回應似有幾分醉意：「我是坦克車，五分鐘的笑話，我可以寫十萬字。」

余光中說了：「這麼大年紀了，喝那麼多酒還熬夜，勸也不聽！」關懷中帶著份兄長的勸戒。

司馬「識趣」的對筆者說：「我瞭解他，我敬重他，他是『半人半神』，我是『半人半鬼』——天生的酒鬼！」他又自嘲的說：「現在長篇小說沒人看了，倒是他的散文、新詩越來越吃香，因為新詩短小、散文字少，稿費較便宜，副刊就喜歡登囉！」

余光中笑言：「你的散文都從嘴裡說走了，可沒稿費啦！」司馬接著答：「我的散文也不差，但比你還欠缺一點，你是洋包子，我是下里巴人！」

司馬是感慨的，文學空間越來越小，他說《戰爭與和平》、《唐吉柯德》，在今天是沒有舞台了，長篇小說已判死刑！然而，他堅信能記錄一個時代全貌、具有時代樞紐能力的，唯有長篇小說。他強調：「若無長篇小說，文學就沒有力量！」

老頑童似的，鬥嘴歸鬥嘴，私下，司馬鄭重的說：「余光中是謙謙君子，一直戮力不懈，年輕時代，我不習慣他遊戲熱門音樂和詩文之間，後來其境界、觀念不斷提升，這讓我十分欽佩，如今，我對他是精神上的凝合。」

「從他身上，我要說『人要像人，再談寫作』，這就是所謂的『道德文章』！」

對文壇未來展望

《聽聽那冷雨》在台灣及大陸多次被選為課本教材及散文選集，風行兩岸不亞於詩作《鄉愁》；問了一個愚不可及的問題：「你為什麼寫得這樣好？」作者輕輕的說：「大概是思鄉之情吧！」

想家，是個平凡的寫作題材，在詩人筆下，則是錘鍊文字的力量，勁道非凡的力量！

余先生寄望「中文」在世界上越來越普及，中國文學就更有希望，他指出，兩岸和平以及政治領導人的重視，有助於文學創作風氣的滋長。

他說：「兩岸和平，才能促進文化交流，作家才能聚會切磋。國共內戰、兩岸對峙、文化大革命，這些不和平時期，不可能有交流、聚會。此外，政治領導人要敬重文化、尊重文人。這就是一種風氣。」

誠然，文學的發展與國民的閱讀關係密不可分，它可決定一個民族的素質，也能影響一個國家的實力。

司馬中原呼應：「政治紛爭傷害了文化發展、影響了生活的深度，社會價值標準流於表皮、片斷，社會上下缺乏虛心不能自省，執政者只知選票全然沒有安頓百年之心念！」

他強調：「在兩岸文化整合上，余光中站的高度夠高，我對他寄以厚望！」

後記

余光中與司馬中原，兩先生情誼如酒之醇，聞不到半絲文人酸氣，反見其越陳越香，君子光風霽月，胸襟坦蕩、彼此相重，於人情澆漓之今日文壇，二「門神」古人風儀，如遙遠荒原裡，傳來法鼓咚咚，「在洪洪的墨黑中，……激盪著遠遠近近的狂風……」，不禁也感懷詩人的句子：「一位英雄，經得起多少次雨季？」

余秋雨&馬蘭——秋雨時分馬蘭香

余秋雨（左）、馬蘭儷影。

接近過余秋雨的人都說，他並不像外界流傳的高傲、冷漠；馬蘭說，余秋雨是很善良、很真誠的好人。

許多傳媒說：馬蘭離開舞台，是因為她先生的影響；余秋雨說，我的本行是學戲劇的，對馬蘭的藝術成就，是絕對肯定和欣賞的，怎麼會捨得她離開舞台？

今年紐約的冬天，出奇的溫暖，就在二〇〇八年初的一個陽光溫煦的午後，在曼哈頓中城，與余秋雨和馬蘭有段沉靜自然、真情流露的「對談」。談的有他倆之間的感情交融與相互的期許與鼓舞。馬蘭、余秋雨成名都很早，他們在兩岸三地華人界擁有榮耀與美麗的光環；現實生活中，則有著相濡以沫的生命依賴。

百轉千迴的生命裡，或許他倆不需要用什麼來證明人生的光華與精彩。

余秋雨和馬蘭對中國當前的官場現象、文化缺失，有相當大尺度的評述和探討，對近幾年縱橫於兩岸三地的作家、藝術家而言，他們顯露得很真誠很坦白。

以文化思考者自許並引以為傲，他所說的每句話、傳達

余秋雨

馬蘭

的每個訊息，相信與他的文章、演講的內容一樣，應也是持有同等認真而負責態度的。

余秋雨在《書海茫茫》中寫道：「人有多種活法，活著的文明等級也不同，住在五層樓上的人完全不必去批評三層樓的低下，何況你是否在五層樓還缺少科學論證。」

都是在政治災難中長大的孩子

你們兩人的出身背景有什麼相似或是不同？在生活上或事業上有什麼影響？

馬（蘭）：我們的出身非常相同，都是普通人家的孩子，而父母輩在政治運動中都受到迫害，他們都是被打擊的對象，因此，我們都是在政治災難中長大的平民孩子；這鍛鍊了我們的堅忍意志，當面對生命中的大起大落，任何蜚言流語時，較有承受力，說大一點，是能夠寵辱不驚，以平常心對之。

余（秋雨）：表面上看起來，我們差別很大，一個是教授，一個是藝人。其實我們的差距很小。在政治災難中已把我們熔鑄了，當遇到許多傷害、攻擊的時候，我們可以承受，我常想當時我父親被抓了，叔父自殺了，我不會自殺了，如今沒有人抓我了，這不是很幸運嗎？馬蘭的父親被批鬥時，怕當年才五歲的女兒看到他被批鬥的場面，因而對人性產生厭惡或恐懼，就把她送到鄉下一個老大爺家去寄養，她因此得到一個非親非故的老人的庇護。當我父親被抓後，全家赤貧，向別人借糧票，看到別人眼神裡是真誠的？是勉強的？或是施捨的？

這些讓我們對善良很敏感。至今，我們很珍惜善良的獲得與付出。

因為個人習慣，在家居生活中有沒有什麼不協調的？

馬：我們的生活無論物質上、精神上沒有什麼壓力，最重要的是，我們沒有被人家的口水淹沒，在家裡，我們不談外面的是是非非，不談單位裡的恩恩怨怨、小是小非，這就是余秋雨說的「茶杯裡的風波」，在我們家裡是絕對沒有市場和地位的。

余：我們在一起，可以不討論或琢磨別人。我們生活中沒有對人或事的爾虞我詐，或是盤算什麼，家裡的日子因此很舒朗。

馬：比較特別的是，他在思考一些關鍵性的問題時，我要「躲開」，而且躲得遠遠的。

余：馬蘭在家裡要練唱，她怕打擾我，其實她不該這樣擔心。

馬：他「閉關」的時候，就要離遠一點。

余：那是在決定一篇文章或一本書的基本構思，決定這本書的生命的關鍵時刻，我的表現是面無人色、神神道道，頭髮混亂，還可能言不及義！

馬：對！七葷八素、顛三倒四的！

余：就是這樣的，她就知道要經過「恐怖」的三、四天。

馬：那幾天，我有時候乾脆到別的城市去。他沒日沒夜的，連三餐都是最簡單的速食。

你們倆生活中鬥不鬥嘴？誰較常先低頭？

馬：還好吧！我們沒有什麼本質上的衝突；當然，有的時候會「急」，如果他急，我也急，這時候，雙方都有可能隨時喊卡，如果是在電話上，那就先掛了，過一會兒再說。

余：我們不會對社會問題、人生大問題爭執；生活上瑣碎的事，會有些「急」的情況，最多的是：我一寫東西就停不住，睡眠少了，她就不允許我沒天沒夜的寫，會強迫我去睡覺，諸如此類等等。

還有一陣子，馬蘭對中國戲曲環境感到心灰意冷，不想做了，那時，我們有些爭論，我希望她堅持不要放棄。這算不算是鬥嘴？應算是一種爭執吧！

沒淤泥而藹然含笑

對方做的事，你印象最深的是什麼？

馬：過去十年中，他一直是處於各種流言蜚語，人為攻擊之中，面對這些事情，他從不讓家裡人分擔，也不去麻煩朋友。

看不到他有情緒上的苦惱，多半是自己在深夜裡做些理性思考；他會帶著我外出旅行實地考察文化現象，讓我們很理性的、很平順的擺脫那些情緒上的不平衡。他有非常堅強的意志力，過去幾年生活當中這是讓我印象最深的。

余：馬蘭的心很軟、很寬大，這是一種善良的本質。眾所周知的，當初她離開安徽黃梅戲劇團，是受到一些團員和領導的排擠，前些時，她回到合肥原先的劇團，她對每一個同事都給予極高的讚美，包括那許多曾經對不起她的人，她都實實在在的和他們交談，沒有一點虛矯，感動得許多同事都流淚了，我在場也深受感動！她沒有計較昔日的恩恩怨怨，這是我特別喜歡的。

因為對方的特質，而讓你了解到人生最珍貴的，是什麼？

馬：要有大愛，愛人、愛自然、愛周圍所有美好的事物。近一點說，我和他老夫老妻了，友人會驚訝的說，你們怎麼還像新婚似的？其實我們倆是很自然的，不是故意做作的。我覺得，人海茫茫的兩人能走在一起，應該互相不厭倦，面對一些美好的事物，彼此心有靈犀，同樣能感受一種樂趣，感到非常開心；以一種善良、陽光、積極、樂觀的

余秋雨和馬蘭為粉絲簽名。

看待人生，他給我的影響這點很重要。

余：我有一個很矛盾的理想，希望生活得很安靜而又不枯燥厭煩；馬蘭滿足了我這個重大的理想。這種不追求外界客觀的刺激，而又不會感到厭煩的日子，我覺得今天中國大陸比較少有，很多人耐不住厭煩，就去追求官位上的刺激，有的去追逐金錢上的刺激。我比較幸運，也比較成功的是，擁有這樣的家庭，這是極為珍貴的！

余秋雨為什麼老挨罵？你們如何面對這些風風雨雨？

余：這是馬蘭和我在「辭職」以後必然會有的結果，在中國只要你不是「官」，誰都可以罵你，在這沒有什麼誹謗罪！

報紙媒體也是，當一個總編輯、主編決定要不要罵這個人？首先看他是不是當官的，再看這個人的官場背景。

既然我已「辭官」，就一定要辭乾淨了，因此，我必須要承受在中國一個沒官位、沒權勢的名人所必然遭遇的一切災難。

在當時，我感受是，我在承受著一個沒有自由文化人的國度，自己選擇自由文化人的定位所必須承受的風雨！我沒有參加「作家協會」，也不加入「文聯」，在中國社會上變成一個赤條條的人。

我為了要保持辭職的尊嚴，始終沒有拿起電話打給在高位的朋友；楊瀾在訪問我的時候就講：「只要你拿起電話，這些謠言和中傷就會沒有了。」面對這種生態，我在苦惱中也有驕傲。

馬：有一個我並不熟悉的女作家（姑隱其名吧）主動打電話給我，她說：「余先生這些年受到的攻擊，我和我先生的立場都是站在余秋雨這邊的，我們不相信那些話；但是，我們沒辦法站出來為他講話，因為不想惹火燒身。」

還有一個作家對我說：「通過這些事情，可以讓余秋雨過得更結實。」我覺得這句話非常好。秋雨這些年一直埋頭做自己的文化思考、寫文章、演講，還有中央電視台、鳳凰衛視邀請他上節目發表看法，透過這種種，讓國人了解他的想法、清楚他的為人。

現在這些謠言雜音自然而然都銷聲匿跡了，我們就是這麼抗過來的！

找不到正面精神價值

您覺得目前中國文化方面，最大的問題在哪裡？

余：文化最需要的是建立一個整體的理性結構和道德水準；這兩點，中國上上下下都沒有重視。

文化人把這個思考交給了政府，政府在忙著匯率啊這些問題，哪有人思考這個問題？在理性思考方面，或許有人會想排幾台京劇什麼的，他們把它當成一種技藝性的存在，以為唱這個戲、跳這個舞、標點這個古蹟就是文化。在整體道德水準的提升上，文化更是完全失去發言權！因此，理性思考水平、整體道德水準是目前中國文化最大的缺失。

尤其在中國這幾年經濟發展的同時，我努力呼籲，希望大家能發現中國文化問題在哪裡？相信這也是有些人與我一樣感到憂慮和焦急的。

能不能具體的說明你所憂慮的文化缺失是什麼？

余：譬如一個奇怪的現象，目前談中國文化的書，包括電視劇，絕大多數是講古代的權謀；「權謀」在文化上是屬於負面價值系統，是負面的精神價值，現在有意無意的把它充當起中國文化的正面系統，反而找不到我們的正面精神價值。

或許有人說，我們的正面價值是「愛國主義」，但這是一個政治概念，不是文化領域，而且這個朦朦朧朧的政治概念中，可能暗藏狹隘的民族主義一些非常不好的東西。因此，古代文化、現代文化及當代文化的正面價值的尋找，是今天在中國非常重要的課題。中國古代，人們對公共空間的認識欠缺，導致今天中國人公共道德的認識不清，這就是我們應該尋找的問題。

現代正面價值的尋找，就是在中國普及人性、人權、民主、自由這些概念。當代的呢，就是要在文化中建立環保意識，重視人和自然的和平交往。

上述這些，在中國而言，要如何建立架構，目前很難。或許有人不認為這和文化有關，更多人認為背三字經、咬文嚼字、研究古典小說等等技術性問題就是文化，這些都讓人擔憂到了恐怖的程度。

老奶媽把戲曲抱在懷裡

傳統戲曲，包括京劇、崑曲還有黃梅戲今天在中國的發展，妳是怎麼看的？

馬：最直接的反應，就是票房始終不好。政府像個老奶媽一樣，沒有多少奶水了，還是可著勁把戲曲界抱在懷裡，又是摟又是親，但是沒有給他們藝術創造的環境；政府主管部門的思維主要用政治、宣揚角度來管理、指導、要求，然後總結，藝術本身則受到了擠壓。現在有多少經得起考驗的作品？老百姓爭相搶著看的好作品？那比起電影、歌曲、繪畫的表現要差太多了。

儘管全國有那麼多、那麼大的戲劇團體，在機制沒有改變的情況下，很難有開創性的發展。尤其管理階層都是以得獎為主要目標，這種狀況下，藝術含金量高的作品也就很難出現了。

當然，我們不能指望所有的劇種都能經過自省而有所突破。我覺得應該透過有藝術思維和創造活力的人領頭，加上國際上的相關專家，引進開闊的思路。大家同心協力創新好的作品。

你們兩個有沒有計畫，合力共同創作一個戲劇作品？

馬：我們想選擇一個東方文化涵義較濃的題材，加上西方藝術成分的方式來創作，最重要的是保有中國地方戲曲的精神。

其實我和秋雨以前就合作過《紅樓夢》、《鞦韆架》兩齣戲，他是編劇兼總策畫。

現在由於大陸整個演出的大氣候有點轉機，我們就計畫推出新的作品。這個新戲是以黃梅調做音樂主幹，加上音樂劇的色彩，但與百老匯的音樂劇有區別，我們基本構思是想在中國土地上，結合中國的戲曲元素，作一齣青春活潑、幽默有趣的戲。

影、視、舞台多棲演員。

余：這次的班子，是集合兩岸三地的藝術家一起合作，希望創造出中國戲曲舞台上還未呈現過的型式，是一部兼收西方現代的精華，又保有東方固有優美的作品。

馬：這個新戲叫《憶秦娥》，余秋雨在總體思維上為藝術和文化把關，我來表現戲劇的特點。

中國有五千年文化底蘊，為什麼今天中國人的文明素質仍被詬病，怎麼就不能與經濟發展、物質文明同步提升？

余：中國古代的文化，絕大多數是書面上的而不是人格化的，原因是，中國自古以來很長一段時間，文盲人口占百分之九十八以上，我們不斷講的這些文化，他們是無法接觸的。

如宋明之後，理學規範又過於吞沒人性，至於「君子」該怎麼做，絕大多數老百姓是無法在人格上吸收任何正面東西的；文本永遠是文本、辭句永遠是辭句，即使不斷的背誦也沒有用，至今還是如此，到底要秉持什麼樣的行為規範，其實一直沒有學者認真的研究過、制訂過。什麼是仁義？什麼是道德？如何落實在人們舉手投足、行為規範中？這是永遠跨越不過的峽谷！

因此，我認為文化不是書面背誦的文化，而是以行為規範落實的人格文化，這正是我們現在亟待重建的。

未來中華文化的發展過程中，以台灣和大陸兩地的文化程度而言，各方的影響會是如何？

余：我在台灣有很多朋友，他們的文化素養都比較高，因為：一、他們沒有遭受到像中國文革這樣中斷的迫害，所以文化養成較完整；二、出國留學的便利，有國際視野；三、他們構成了一種非常好的精神團隊，有的在大學、有的在研究機構、有的在雜誌編輯部，構成了一個整體氣氛。

尤其這些優秀的文化人在民間的影響力不是隔斷的（而在歐洲、在香港的文化人與流行藝術文化是沒關係的），在台灣有這個特殊的現象，如白先勇、余光中、李安、朱銘，他們一方面在自己領域裡取得很高的成就，另一方面又充分的有世俗的知名度，這點，我對台灣文化的評價很高。

但話又說回來，台灣人數畢竟太少；生氣勃勃的巨大人力海洋還是在大陸，在這海洋當中，有好多創造的天才會出現，有好多奇想異思的藝術構思會冒頭；一個大才的出現是需要一定的空間和時間的量，特別需要人口的基數。所以對文化、藝術的前途，我還是看好大陸。

記得十幾年前我初次到台灣，當時感覺很羨慕，現在再去，感到政治話題炒得太刺激，文化人雖還在，但是文化好像退居第二線了，處於沒有聲音的狀態情況，這種情況下氣氛就造不成了，創造力、創造空間就小了。

許多人批評大陸上把「文化娛樂化」、「學術商業化」，您的看法如何？

余：這是一個文化多元的時代，對娛樂化、商業化都不要排斥，中國文化人長期以來鄙視娛樂、鄙視商業，其實沒這必要。中國人有理由在娛樂中享受文化，文化是包含娛樂的，文化也是可以透過商業來傳播的。

現在有一些文化方式，可能有些論述等級比較淺薄一點，這是一種自由，面對文化層次較低一點的群眾，以比較淺顯的說法表述，是很好的；從另一方面看，對嚴守學術規範的人而言，更應堅守文化本身的尊嚴，他們因此而多了一種責任。

再高的文化責任，也該被大家愉快的接受，當人們愉快接受的時候，你就說那是娛樂，這是不公平的。

大家把心態放輕鬆，不要用惡意的語言去攻擊人家任何比較愉快的文化方式。

另外，中國文化若要復興，文化產業很重要，從好萊塢的電影、百老匯的音樂劇、韓國的電視劇，證明了文化商業化走向是普遍的，不應該抵拒。現在大陸有一個真正值得批判的現象，那就是利用政府的權力、資源來做文化反面文章的活動，這是不可容忍的！我們可以看到大陸上普遍的到處搞晚會，歡慶自己省或縣市的事情，文化只是搭台的角色，唱戲的永遠不是文化主體，那些人為了附庸文化，就講些假大空的話語、演些假大空的節目，還不斷的評獎；而這些節目基本上是沒什麼觀眾的，不但浪費政府的經濟資源和人力資源，更嚴重的是人民對文化大幅度的誤解了！

面對這種情況，有很多具有文化良知的人，在埋頭思考怎樣論述很好的中國文化！我也特別呼籲大陸文化界重視這個很不好的現象。

其實，批評文化商業化，那些反對商場的人是在依靠官場；我認為商場再不好，也比官場好！

作者（右二）夫婦與余氏伉儷攝於紐約哈德遜河前。

	余秋雨	馬蘭
星座	處女座	金牛座
血型	A	O
學歷	上海戲劇院	安徽藝術學院
欣賞對方特色	大氣、真誠、思維開闊、不議論別人、不琢磨別人。	童心、幽默、善良、治學嚴謹、既有理性又有感性。
欣賞對方的作品	《紅樓夢》、《鞦韆架》，《女駙馬》也不錯。	很難說哪一個作品，我認為《山居筆記》、《行者無疆》、《千年一嘆》在文化思考上有獨特價值。
家居常一起做的事	瑣碎的事	上菜市場
最想和粉絲講的話	一個作家的生命全部在文字之中，你們如果繼續讀我的書，那請相信書的本身，不要聽信書之外的流言蜚語。雖然我們空間距離非常遙遠，但你們最後接觸的我，是一個極簡單的生命。	由衷的感謝您，也表達我的歉意，感謝你們一路陪著我，鼓勵我。抱歉的是讓你們等了很久，我會很快在舞台上答謝你們，唱好聽的戲；你們的關心和支持，對我很重要，我們一起加油！

讀白先勇——從「台北人」到「紐約客」

白先勇，本身就是一篇錦繡文章。這篇文章兼具了傳奇、優雅、雋永、深邃、悲愴等元素，他「文學」極了；可讀，而且耐讀！

十一月三日，白先勇這位「紐約客」將訪紐約，他應華美人文學會之邀，在哥大舉行一場演講，這是他第一次在紐約公開演講。

寫作，永遠的最愛

電話另一頭，傳來白先勇招牌式的聲音，親切、熱誠、爽朗。他人正在北京，忙碌「青春版牡丹亭」在中國國家大劇院的演出，聽得出他歡喜而興奮的心情。

中國國家大劇院剛正式啟用，開張推出的經典劇目中有「青春版牡丹亭」，對這齣戲和催生者白先勇而言，或許是「錦上添花」，但也是極高的榮耀與肯定。

白先勇這幾年為推展崑曲，可說嘔心瀝血，為之衣帶漸寬終不悔。而寫作和崑曲，在他心中到底哪個排第一？

「寫作！」他毫不猶豫的回答。

法國《解放報》曾問他：「你為什麼寫作？」他答：「我寫作是因為我希望用文字將人類心中，最無言的痛楚表達出來！」

從「台北人」到「紐約客」，從尹雪艷到 Tony boy，不論地點或人物，化不開的漂泊滄桑、失落傷情，白先勇筆下的「痛楚」其實是嚴肅的。

「至今，你是否依然有漂泊的傷感？」

「有的，這是大環境下的必然，在歷史變遷中，會有無限的滄桑感。到今天，我回頭看，還是驚覺自己處在千年巨變之中，尤其一九四九年那麼大的轉折！」

外表樂觀的白先勇，內心背負中國「歷史文化」這十字架，實在太沉重了。

白先勇把金兆麗（金大班）、朱清（一把青）、樸公、雷委員（梁父吟）、錢夫人（遊園驚夢）、總司令阿六（孤戀花），還有參軍長、營長、夫人、舞女、廚娘一大群人，從一九四九帶到了台灣，到了一九七一他們排著隊當了「台北人」，精采風光的活了一把。

鎮日沉湎於霞飛路、百樂門、天蟾大舞台、台兒莊、南京大公館的一群「舊時王謝堂前燕」，早已化作歷史的魂魄，淡出人們記憶的舞台；可，就連這一點點記憶，當今台北也容不下他們了！

文化的鄉愁與回歸

「很多人說我寫的小說，充滿懷舊氣息，其實那是我對傳統文化崩潰的反射，『台北人』是一種文化的鄉愁。」在白先勇看來，不論是飄泊或是懷舊，某種情況下，是一樣的。

如今他已是大陸的常客，而且備受禮遇，有人認為，這或許與他的出身背景有關。

「算是文化的回歸吧！我在尋找文化的根。」白先勇自己這樣認為。他這樣說過：「我愛中國，愛的是有五千年文化傳統的中國。在我國歷史上，隋唐以後的五代十國，國家雖然分裂，但文化上是統一的，各自都保持這中國的傳統文化……」

風雲詭譎，兩岸情勢變幻，當初此言劍之所指，而今是否要易位審視了？

這些年，他往來於海峽兩岸，對文學創作的現況也多有接觸，會否覺得，在政治變幻、經濟追逐的潮流衝擊下，當今文學作品與七〇年代有很大不同？

「確實不同，寫作方式及內容都改變了，這是社會變遷影響使然，好的作品還是有的，我覺得中港台都處在劇變之中，不論哪一方面的文學創作者，都該沉澱一下。」

與張愛玲師出同門

白先勇、張愛玲同是烏衣子弟、宦門之後，在小說創作上均有驚世才情，尤其內在人物和外在場景的描繪，有相似的細膩善感。

「因為我們的老師都是曹雪芹！」白先勇又一次這樣說。

且讓我們回味一下；白先勇的《玉卿嫂》，有這樣的描述：在跳動的燭光中，她的側臉真的巒好看。雪白的面腮，小蔥似的鼻子，蓬鬆鬆一綹溜黑的髮腳子卻剛好滑落到耳根上，襯得那雙耳墜子閃得白玉一般……

張愛玲的《色，戒》，有這麼一段：陪歡場女子買東西，他是老手了，只一旁隨侍，總使人不注意他。此刻的微笑也絲毫不帶諷刺性，不過有點悲哀。她的側影迎著檯燈，目光下視，睫毛像米色的蛾翅，歇落在瘦瘦的面頰上，在她看來是一種溫柔憐惜的神氣。

「蓬鬆鬆一綹溜黑的髮腳子卻剛好滑落到耳根上……」與「睫毛像米色的蛾翅，歇落再瘦瘦的面頰上……」是否像從「大觀園」裏飄出來的話語？

找李安合作改拍作品？

「談到張愛玲，她那部《色，戒》由李安拍成了電影，您看了嗎？」

「哇，大導演李安！我知道這部片子轟動得不得了！我還沒看，等我回台北，一定去看。」

「有沒有想過，在您的小說中，哪一部最適合李安來導演？」

「哈，那要看李導演的興趣怎樣啦？」他的回答好像有些靦腆。

「如果一定要我挑（一笑），那我覺得《遊園驚夢》應該很合適。其中又有崑曲也有時代背景，故事發生是民國時代，地點在南京，很有戲劇性。」

《遊園驚夢》，他寫了五次才脫稿，白先勇說：「在某方面來講，這是我最喜歡的一部小說。」

事實上，白先勇的小說改拍成電影、舞台劇、電視劇的並不少。例如：白景瑞導演的《寂寞的十七歲》、《金大班的最後一夜》，謝晉導演的《最後的貴族（謫仙記）》，張毅導演的《玉卿嫂》，謝衍導演的《花橋榮記》等，此外《遊園驚夢》則由導演李行搬上舞台；《孽子》和《玉卿嫂》分別由台灣和大陸製作成電視連續劇。

樹猶如此・情何以堪

晚近，白先勇幾乎不寫小說了，他寫了兩篇「散文」，〈第六隻手指〉是紀念三姊先明，文筆樸實、淡淡憂緒，見率真情義。

另一篇〈樹猶如此〉是紀念好友王國祥，他用深情記述兩人從青年時相遇相知，到出國後相扶相持，乃至王國祥被病魔所纏，他們如何聯手對抗與死神搏鬥的種種經歷。全文一萬三千字，字字情義字字血淚，被稱是一篇「雷霆萬鈞」之作。

由於內容流露兩個男人的濃烈情感，此文亦被視為白先勇「不著一字盡得風流」的感情剖白。

〈樹猶如此〉讓人感動和悲傷，已然超乎文字的力量，「是不是可以說，那是來自於您內心的直白所產生的力量？」

「那是生死別離、無法抗拒的人生大限、刻骨銘心的悲痛！」他的聲音突然低落了，可以感受到，談到這篇文章，依然令他感傷！

「他的心臟終於停止……，我執著國祥的手，霎那間，『天人兩分 死生契闊』，在人間，我向王國祥告了永別。」白先勇以「死生契闊」哀悼與王國祥的天人永隔。

這傷慟讓他六年後才能動筆寫這篇懷念的文章。他對此說過：「我一直很難接受這個事實，此前的六年很難，很難，很難……」

公開這個感情世界時，他早已人過中年。有人認為，到了這個年歲，他可以不說的。

「我覺得任何的人性中，有各種感情，每種感情都值得尊重，而且我作為一個文學工作者，我寫的是人性，我既然寫了，就什麼都可以講。」在一次訪問中，他坦誠的表白：「一個文學家最重要的是要忠於自己，如果一個作家對自己不誠實是不可能寫出好東西的。」

這位小說家筆下忒細膩多情，王國祥三十年前在台灣接受奚復一大夫的醫治時，曾服用中藥，其中有一味「犀牛角粉」，頗見效，因此他心中對這救過好朋友的犀牛產生感恩之情，來美國後，一次與王國祥到聖地牙哥動物園觀賞百獸，園中有一群犀牛，他文中寫道：大概因為犀牛角曾治過國祥的病，我對那一群看來兇猛異常的野獸，竟有一份說不出的好感，在欄前盤桓良久才去！

不知這是作家？還是白先勇？才有的細緻感性。

〈樹猶如此〉文中的「樹」，是他與王國祥一同種植的三棵義大利柏樹，這三棵樹後來長得傲視群倫，成為他花園中的地標，三棵中又以中間一棵最高最壯；王國祥每次一到他家，頭一件事便要到園中看這些花木，特別是這三棵柏樹。不幸的是，三棵樹裡中間長得最高壯的那棵，居然無緣無故的枯萎而死，隨後，王國祥也舊病復發，終不得治。為此，白先勇在文章結尾感性抒懷：抬眼望，總看見園中西隅，剩下的兩棵義大利柏樹中間，露出一塊楞楞的空白來，缺口當中，映著湛湛青空，悠悠白雲，那是一道女媧練石也無法彌補的天裂。

《牡丹亭》又名《還魂記》，白先勇深愛「牡丹亭」，是否內心裡埋藏著一個「期待」，期待那人還魂歸來?!

白先勇推廣崑曲不遺餘力。

《牡丹亭》轟動兩岸

白先勇鍾情崑曲，他讚嘆：「崑曲可以說是美的極致，它集詩詞、舞蹈、音樂美之大成。」

「青春版牡丹亭」在海峽兩岸，創下驚人的上座率，在當代戲劇界可說是空前的轟動。另一方面，有不少人認為中國傳統戲曲已式微，崑曲尤然，而「青春版牡丹亭」不過是曇花一現，推展崑曲仍是一條死胡同！

對此說法，白先勇當然很不以為然：「青春版已有十六萬人看過，就連在美國西岸也是場場爆滿，觀眾裡百分之七十是年輕人，若說『死胡同』是不是早了點？崑曲從來沒有衰微，就像書法，雖然練的人少了，但永遠會保存下去。

如何呈現？是大前提，以二十一世紀的審美觀，把十五世紀的戲曲重新賦予新藝術，這是我們努力的方向。

青春版已演了一百零九場，證實了我們可以做到。『在傳統的基礎上，注入新觀念』，這個理論雖簡單，但，古典文學不可破壞，而且要彰顯，把六百年的歷史，擺在現代舞台，做起來不容易啊！要一步一步走，總要走下去。」

現代中國文學研究泰斗夏志清教授說：「白先勇推展崑曲是一條很艱辛的路，『青春版牡丹亭』將是絕響，他的浪漫和毅力，是可愛而可敬的。」

「紐約客」來紐約作客

白先勇這位「紐約客」十一月初要來紐約作客，並做他在紐約的第一次公開演講。

「我最想看看那兒的老朋友，和文藝界的朋友聚一聚。」

白先勇是沒有在紐約長住過的「紐約客」，他不算是 New Yorker，可說是紐約的過客。白先勇的《紐約客》是二〇〇七年出版的新書，距他寫這些短篇，遲了四十二年。對他而言，紐約市一個精神性的創作地標，不是地理性的。白先勇在精神上自認為是永遠的 New Yorker！

「我在紐約住的不夠久，先入為主的，它是我看到的第一個大都市，精神上第一個落腳的大都市，它那麼大、那麼多元、那麼包容、那麼複雜，當初剛從台灣出來，看到紐約的一切，非常 shock！」白先勇回憶當時的心情。

讓這位海外遊子震驚與衝擊的，不是單純的 culture shock，還是那份對傳統中國文化的眷戀，他在《為逝去的美造像》中寫著：在國外的時候，對自己國家的文化反而特別感到一種眷念，而且看法也有了距離。

「沒有家的人是找不到樂土的」，這種傷感導致他的文化鄉愁日益加深。尤其他有一段激動不能自已的經歷，深深震懾了他：「有一天在紐約，我在 Little Carnegie hall 看到一個外國人攝輯的中國歷史片，從慈禧駕崩、辛亥革命、北伐、抗日、到戡亂，大半個世紀的中國，一時呈現眼前，南京屠殺、重慶轟炸，不再是歷史名詞，而是一具具中國人被蹂躪、被凌辱、被分割、被焚燒的肉體，橫陳在那片給苦難的血淚灌溉得發了黑的中國土地上。

我坐在電影院內黑暗的一角，一陣陣毛骨悚然，激動不能自已。走出外面，時報廣場仍然車水馬龍，紅塵萬丈，霓虹燈刺得人的眼睛直發疼，我蹭蹬街頭，一時不知身在何方。那是我到美國後，第一次深深感到國破家亡的徬徨。」

這是六〇年代，多數台灣早期留學生內心深處苦悶的寫照，如今讀來，恍如隔世。白先勇用文學的筆，記載了另一種歷史。

就在這種震驚、衝擊下，他寫了〈謫仙記〉、〈謫仙怨〉、〈夜曲〉、〈骨灰〉、〈Danny Boy〉、〈Tea for two〉等篇章。那是紐約！紐約烙下的心痕。

二〇一三年，《紐約客》終於集結成冊出版了，它並不如當年《台北人》那般，造成洛陽紙貴的轟動，這是文學閱讀環境的改變、也是時代的變遷。

四十年前，年少多愁的文學青年用曼哈頓做舞台，把台北、上海、桂林做背景，用失落與鄉愁當顏料，在文學的畫布上渲染出身軀飄零、心靈放逐的「遊子」卷軸；四十年後，在複雜多變的政治國度或經濟疆域上，似乎已經找不到「遊子」的精魂了。

從「台北人」到「紐約客」，走過四十二個春秋寒暑，不信青春喚不回的白先勇，如今帶來的雖是奼紫嫣紅絲竹風流，但在那飄逸的幕幔之後，總要讓你窺探到「朱雀橋邊野草花，烏衣巷口夕陽斜」的風雲聚散；在驀然回首的當口，又讓你久久回不了神！

白先勇——紐約造旋風

白先勇（右二）與夏志清（左三）相見歡。

久違的「紐約客」白先勇，十一月上旬翩然「回到」紐約，掀起一陣本不屬於深秋的旋風，雖然他僅停佇了三天，這兒的文壇和藝文界還是為歡迎他的「歸來」熱熱鬧鬧了一番。

千期萬盼等來了白先勇，席不暇暖地，他又揮揮衣袖踏上旅程，好多老友、粉絲依依不捨；名小說家、六〇年代中國文壇的「超男」，最近好長一段時間陷在「青春版牡丹亭」裡，抽身不得，也就顧不來昔日文友了，倒不是交情方面，而是好久沒看到他的新創作啦！

離開紐約的前夕，念舊又體貼的白先勇和旅居此間的老友及文友把盞暢敘，面對喜愛他關懷他的「舊雨新知」，小說家吐露了心裡話：「我的本質是文學創作者，我一定不辜負你們的期望！」那是紐約華文作協在法拉盛喜來登酒店為他舉行的餐會，文學界大老、文壇朋友幾乎都到了，中央研究院院士夏志清伉儷、北美華文作家協會會長馬克任伉儷、名作家趙淑俠、淑敏文壇姊妹花、世界日報社長李厚維、「現代文學」重要女將叢甦、華美人文學會主席汪班，還有白先勇作家朋友、粉絲近六十人歡聚一堂，真可說是舉座鴻儒、群賢畢至！

夏志清借時間演講

晚宴開始之前，主辦單位的安排是：夏教授和馬克老致歡迎詞，六〇年代的兩位文學青年、現今已成名家的白先勇和叢甦作主要演講人，趙淑俠、李厚維、汪班三位貴賓致詞。情況出現了；夏教授太喜歡也太熟悉白先勇了，他上台要講的內容很多，但主辦單位只給自己五分鐘時間，大教授有點急，突然隔著圓桌用帶些許蘇州鄉音向對座的叢甦開了腔：「總素（叢甦）妳借我十分鐘，好吧？」，「為什麼？」叢甦不明就裡的問。

「我想多講一些些，妳把時間借給我，妳可以少講一點點。」

「不行，先勇難得來，我也準備了好多話要講。」性格耿直的文壇女中豪傑婉拒了教授的情商。大有「吾愛吾友，更重演講責任」的氣魄。叢甦的講題是「我所認識的白先勇」。

夏教授待人處世有童真性格，坦誠、率真、不見心機，像個老頑童似的，但他治學作研究則是嚴肅謹慎、一絲不茍，為了當天的講話，他有如講課一般特地帶了好幾本自己和白先勇的英文著作，是有備而來。對他令兄夏濟安先生的愛徒，教授有著愛屋及烏的深厚感情，夏太太說：我們家老先生連著三天都抽時間陪白先勇，居然還是精神奕奕不見疲態！其殷殷愛惜之情溢於言表。

叢甦為他化妝抹粉

白先勇和叢甦是大學時候的朋友，兩人久別重逢，喜出望外、熱情擁抱。

六〇年代，她剛到哥大求學，那年先勇從愛荷華來紐約度暑假，身為地主的她剛來紐約，叢甦說：「我簡直是傻乎乎的，倒是白先勇像識途老馬，反客為主帶著我去玩。」

叢甦「揭密」，當年的白小生是近代文學男女作家裡，長得「最漂亮」的一位，可以用「膚若凝脂、玉樹臨風」形容，「因此，為了和如此英俊人物一同出遊，咱們不得不在臉上擦點粉，否則相形之下，自己可要像黑張飛啦！」當年的叢甦還是不化妝的清純留學生呢。

叢甦欣賞白先勇為人厚道，對朋友幾乎是有求必應的，也從沒見過他生氣，沒聽他說過重話，他最激烈的言語也就是「哎呀！這是怎麼啦?!」叢甦給老友的評語是：溫文儒雅，典型的中國知識分子。

先勇有一顆愛心，愛人愛物，他的筆下，充滿悲憫的情懷，他所寫的一把青、尹雪艷或是玉卿嫂，雖然都有著滄桑的身世與悲涼的結局，而作家給予的悲憫與憐惜則躍然紙上，他不只是在書寫悲情女子的故事，它背後，充滿了對弱勢人群、邊緣人群、不幸人群的疼惜，字裡行間傳達了世間溫情與社會關懷。包括《孽子》中，對同性戀，社會另一群體也給予極大的理解與關切。

叢甦這樣說：「先勇的作品裡，具有極深厚的、非常大的悲天憫人的情懷，那是作家最重要條件之一，沒有悲憫之心，連人都做不好怎能做好作家？他之所以被稱為大師，這便是他成功的因素。」叢甦如此評價，平實而肯切，一如她耿直、真性情的行事風格。

〈金大奶奶〉偷偷放在夏濟安桌上

夏濟安主編的《文學雜誌》為白先勇開啟了文學創作的大門。「我是夏濟安老師的關門弟子，因為他教完我們這班就到美國做研究工作了。我有幸遇到這位啟蒙老師，他啟蒙了整個一代。」

他回應叢甦的「揭密」，也「爆料」說：「當年我也是文藝青年，而叢甦就是我的偶像，她是夏老師最愛的高足，已經在《文學雜誌》上發表了好幾篇小說了，她有一篇小說是寫一個男孩暗戀妓女的故事，我看得非常過癮、很刺激的，那時她才二十歲出頭就能寫出這樣小說了，我們佩服極了！」

他回憶當年一心希望能成為作家，但沒信心，很害怕、不好意思跟夏濟安教授說想投稿的事，有一天，鼓足勇氣把一篇稿子悄悄放在夏老師的辦公桌上，心裡七上八下，深怕被退稿。「沒想到，過了幾天夏教授叫我去看他，一邊吸著煙斗一邊說：你文字蠻老練的，這篇稿子我留下登在《文學雜誌》。」

白先勇說：這可是登龍門了，我的作家夢終於實現了！那是我的第一篇小說《金大奶奶》！從此他與小說創作結下不解之緣，終究步入文學的華貴殿堂。

夏志清曾說：「旅美的作家中，最有毅力、潛心自己藝術進步，想為當今文壇留下幾篇值得給後世朗誦的作品的，有兩位：於梨華和白先勇。」他並讚譽：「白先勇是當代中國短篇小說家中的奇才，五四以來，藝術成就尚能與他匹敵的，從魯迅到張愛玲，五、六人而已。」

夏老對白先勇文采之欣賞與愛惜，含有提攜培育之情，而白先勇此次紐約之行，風塵僕僕抵達之後，拜訪的第一站，就是在夏府與教授夫婦共進晚餐，其師徒親情，並未因時空的相隔有絲毫距離。

距離？對趙淑俠和白先勇也不是問題，雖是第一次見面，但彼此仰慕已久，她快人快語帶幾分玩笑口吻說：「我和他說好了，我就直接叫他白先勇，他也稱我趙淑俠，不要先生、女士的稱呼啦，這樣可以節省很多時間。」相見恨晚又嫌相聚匆匆，兩位作家協議用「極短篇」的技法來表達「長篇」的敘述，以珍惜難得的會晤、拉短彼此的距離。

「我記起你當年的樣子！」

小說家的心是細膩的，他的腦子裡有好多好多抽屜似的，每個抽屜裡都裝滿了檔案，層層又疊疊、古老又清晰，有一些存藏在較深遠的位置，若要找出塵封三、四十年的舊檔案，或許要花點兒時間；難能可貴的是，他總能找得到！

李厚維致詞的時候，感性的說出一段往事，他和先剛、先敬（先勇的七弟和八弟）是小學同學，很要好，成天玩在一塊兒，四十年前曾去過在台北的「白公館」，而且見過白先勇，一晃數十年，今天見到先勇哥，他的丰采依舊、相貌也和當年一樣，沒有變，讓他倍感親切。

白先勇在旁聽此言，面帶微笑頻頻點頭，似乎僅是表達謝意，是對舊識的禮貌回應；然而，他當時應該是藉著微笑的短暫時間，正在打開腦中的諸多抽屜，搜尋檔案資料呢！沒多大會兒，他笑得更開心的對昔日故舊李厚維說：「我記得你以前的樣子，你戴著學生帽呢！」

當事人聽到這話時，當下的感受是如何？旁人不得而知。

但，白先勇明朗而真摯的笑容，已然告訴大家：我說的都是真心話，不是應酬的話喲！相信「李老弟」一定會欣然接受「白大哥」這份溫馨的回應。

那些層層疊疊、古老清晰的檔案抽屜，正是小說家的寶藏；他在愛荷華的玉米田中，打開了奇峰夾岸、碧水縈迴的漓江抽屜，寫下了「玉卿嫂」！翻開洋場十里、燈紅酒綠的上海灘百樂門檔案，他在美國西部空曠寂寥的沙漠裡，創造了「尹雪艷」！

白先勇的記憶與心思，如是神奇精巧。

吟詠留千古　聲名動四夷

汪班是把白先勇請來紐約的推手，二〇〇六年他應邀到舊金山柏克萊大學，為「青春版牡丹亭」作三場英文演講，當時他的答允條件，就是白先勇也得來紐約演講。

果然，這場演講轟動非常，當天哥倫比亞大學商學院大講堂，座無虛席、掌聲不斷。汪班說，這是他們華美人文學會所有主辦過的演講會，空前的盛大、成功。

他與先勇神交近三十年，直到去年才見了面，汪班說：「這一年多裡與他有了許多的來往，他給我的印象跟所有我聽朋友說過的他是完全一樣的：高文才加上美丰神。我感到他對人的真誠與溫暖，又有一顆寶貴的童心。」

或許正因有份童心，白先勇才會如此執著地追求生命和文化中之至美，從不間歇。對好友一生追求至善至美，在文學創作上成就斐然璀璨、推動崑曲轟動海內外，汪班引用白居易的詩句：「吟詠留千古　聲名動四夷」，做了貼切的註腳！

汪班寫得一手好書法，以先勇之名他用精緻小楷在「紐約客」、「遊園驚夢」、「牡丹亦白」等書的扉頁上，題了此行的紀念詞句，做為當晚義賣，另外，王鼎鈞先生因眼疾動手術，遺憾無法出席，因而特別情商夫人親手插了六瓶花藝，除美化妝點會場，也供作「文薈」文學月刊經費義賣。這是紐約文藝團體少見的場面，在趙淑敏教授「執槌」「叫賣」之下，眾人慷慨解囊，義賣成績斐然。馬克老說，白先勇此行，不但是此間文壇盛事，也是紐約社區推動文化活動的一大激盪。

要帶「青春版牡丹亭」回紐約

此一激盪，激起的漣漪一圈一圈地擴張著。

白先勇和愛好文學和藝術的「紐約客」都有一共同心願，希望「青春版牡丹亭」能在紐約這個世界文化藝術大都會開鑼上演，將那奼紫嫣紅在東岸也渲染風流一場。

先勇感慨的說：「如此精緻優美的中國戲曲，不能在這人文薈萃的紐約演出，真是彼此的損失和遺憾！」

臨別之時，彼此心裡已然有默契——下次回來，要把「青春版牡丹亭」一起帶來，而且要盡早！

翁萬戈——似錦繁華中的隱士

翁萬戈當年儒雅瀟灑的留影。

翁萬戈，前清官宦名門之後，他隱於傳世孤本的古籍善本書之中，隱於歷代珍稀字畫世界，隱於美國東岸繽紛似錦的繁華裡……。

翁萬戈，美國朋友叫他 Wango，自一九三八年由滬乘船來普渡大學深造而落地生根至今，算一算，Wango 在美生活已六十八個年頭，超過半個世紀！

因此，若說 Wango 是「美國佬」，也說得過去。

但翁老骨子裡發散的是濃濃的中國書香，血液裡流的是汩汩華夏翰墨。

他自己也說：「雖然生活在美國，但我是很地道的中國人。」

他出身名門望族，集諸多才情於一身：詩人、書法家、藝術家、中國古籍善本收藏大家、古畫鑑定專家、國際社會活動家。

說起他富傳奇色彩的身世，是指他為清末帝師翁同龢的五世孫。

常熟翁氏　兩朝帝師

常熟翁氏，影響中國晚清政治、文化的重要家族。

翁心存、翁同龢父子，「科第聯翩、狀元門第、簪纓不絕、兩朝帝師、三子公卿、四世翰苑」，如此的描述，正勾勒翁氏家族在中國近代史上揮灑出濃重而精采的一筆。

翁同龢可說是翁氏家族中，功績、名望最顯赫的一位。他歷任刑部、工部、戶部尚書、軍機大臣，並是同治、光緒兩帝的老師。晚年因向光緒帝引荐康、梁，支持維新變法，觸怒當朝，遭革職開缺回籍；翁同龢被攆出京城，回到常熟老家，飽受宦海沉浮，終老滿懷抑鬱和淒愴。

翁萬戈對這位高祖是十分敬仰的。

「其實，我是過繼到他那支香煙下的。」翁萬戈原名翁興慶，因堂伯父無嗣，就把他過繼翁之廉，翁之廉本承嗣翁同龢，因此翁萬戈順理成章地轉到翁同龢一支，為其玄孫。

談到翁同龢，翁老說出一段被歷史淹沒的真相：「我的高祖不是史家所說遭慈禧罷黜的，革他職的實際上是光緒皇帝；翁同龢是他（光緒）的老師，從小教他，他一直覺得老被管著，就像一般小孩長大了對家長、老師總有叛逆反彈心理，加上光緒一個心思急著變法，而師父擔心他過於急躁，怕欲速則不達；皇帝就覺著老傢伙太礙事兒，於是讓他告老還鄉了。」

翁老還說：「今天事實證明，維新只維持百日，主要就是不夠緩和周詳，未能循序漸進，敗在操之過激，造成無可抗拒的阻力。其實我高祖是支持維新的，當時的『國是詔』還是他起草的。」

出身書香世家、名門之後，受到的浸淫、薰陶，對此生影響又如何？翁老直白的說：「最重大的一點，讓我對中國文學、歷史、美術打下根基。」「其實我是『五四』產物，在中學時受到新文學影響很大，我已脫離寒窗苦讀、進京趕考的那套老皇曆；但是今天你說我中國文化根底很深，說我出身『書香門第』那倒也可以。」

翁氏藏書 文物瑰寶

一百六十年前，「翁氏藏書」始於中國江蘇古城常熟的「彩衣堂」，一百六十年後，它們出現在美國新罕布什州郊區的「萊溪居」。

翁家六世，走過一個半世紀，其先祖與子孫與這批古籍，結下千絲萬縷的因緣，凝成割捨不斷的情義，那，已近乎於一種宿命！

命運對他而言是相當眷顧的，他對命運而言，「翁氏藏書」則是此生掌握最大的際遇；翁萬戈將祖上藏書珍惜保存、悉力維護，經數十年動盪，始終不離不棄，尤其能遠兵燹戰火、避文革浩劫，堪說一大功德；而遠置異域長達幾十年不曾易手外人，最終全部八十種稀世古籍入藏上海圖書館，重回中華文化懷抱。

漂泊海外半世紀的「翁氏藏書」在二〇〇〇年四月回到上海圖書館；說起這段往事，翁老的心情有感慨有安慰。

翁老說：「二〇〇〇年的時候，自覺歲數不小了，對祖上傳下的『翁氏藏書』，我有責任為他找個家，美國絕不是中國古籍的安身之地；當時有兩個選擇，一是北京圖書館，但我覺得那政治氣味太濃。另一個是上海圖書館，比較現代化，會更方便學者利用，同時那兒離我老家也近，因此就把『翁氏藏書』安置在那裡了。」

綵衣堂。

萊溪居雪景。

所謂「翁氏藏書」，要追溯至清道光年間戶部尚書、體仁閣大學士翁心存（翁同龢之父），他官居高位，雅好藏書，其子翁同書、翁同龢，稟承父志繼續蒐集，居官其間他們購藏各種重要古本。至清末，翁氏藏書已列晚清九大藏書之一。

翁氏藏書家傳承襲，至翁萬戈已為六世。不過，這些藏書歷來秘不示人，自翁同龢故世直至民國初年，無人知其下落。其實在一九四七年，翁萬戈把這些書運到了美國。

翁氏藏書有宋刻本十一種，元刻本四種，明刻本十二種，清刻本二十六種及歷代名家稿本、抄本二十七種。據文物學家稱，其中宋刻本《集韻》是罕見孤本，兩百多年未曾見世，可說是書中之寶。其他珍品如《邵子觀物篇》、《長短經》、《重雕足本鑑誡錄》、《丁卯集》等等，都是傳世孤本，還有《新刊嵩山居士文全集》、《注東坡先生詩》等均屬國寶級文物，具有極高的學術文獻價值。翁老回憶，一九八五年曾在大都會博物館展出，引起海內外學術界和文物界的震驚。

千禧年初，這批藏書本要參加中國佳士德拍賣公司四月在北京舉行的拍賣會。翁萬戈與拍賣公司簽約允許拍賣給日本以外的亞洲各國。消息一傳出，引起中國學界、文物界的重視，包括季羨林、周一良、張岱年、啟功、王世襄等十二位著名學者立刻聯名寫信中共中央有關單位，希望政府能「慨撥帑金，設法歸購」。

據載，這十二位學者聯名信中，有段這樣寫著：「有些書是學人仰望而不知其存否的，有很多學術價值的善本，以國內標準論，應屬國寶級重要文物，是包括我國國家圖書館在內的國內外圖書館所無的珍籍。其所珍稀程度和價值超過美國所有圖書館所藏中國書籍之和。」

於此同時，上海方面也積極和翁老接頭，商談購藏問題，同年三月底，上海圖書館和翁老達成協議，不通過拍賣而以協商轉讓方式，將這批珍本入藏該館。

四月初，「翁氏藏書」七大箱裝上由京赴滬的列車，除專門人員並有持槍警衛護送往上海。四月十二日運抵上海圖書館善本書庫。

這件古籍典藏大事，被中國文化界視為一個重要里程碑。

絢爛平淡　不知浮名

名士與名人不是一回事，有許許多多名人不算得是名士，而名士也不見得是名人。的確，今日華人社區裏，翁萬戈不算是名人；不求入世聞達？抑或恬淡自適？

翁老對此達觀以對：年輕時要謀生，難免陷於名利枷鎖，耳順古稀之後，不應再糾纏於名利之中，其實，名不用爭，只要真正做出事情，自然留名；利不用太謀，當知鼴鼠飲河不過滿腹。

「人情事故要認真，得失寵辱須看淡；工夫做得深就是貢獻。」

「人生幾何？爭名逐利不算工夫！是不是名人？那不在我做的工夫裏。」

若把時光倒流，四〇至六〇年代翁萬戈不論在美國、台灣或大陸，他的名聲受到文化界、學術界、藝術界相當推崇，而他的治學及經歷也很傳奇。

一九四〇年春，獲普渡電機工程學士；夏初，為追求自己的興趣，進入威斯康辛大學美術系，學習油畫和人體寫生；從此改變了他一生的事業與際遇，不做工程師而進入藝術的殿堂。次年為謀生計，他以一幅素描獲得《紐約時報》畫連環漫畫的工作。

一九四二年，受聘美國陸軍部好萊塢特種服務處，任電影技術顧問，該電影宣傳部門要編製一系列講解二次世界大戰的影片，其中「中國之戰」的顧問當然非 Wango 莫屬。從此，他與電影事業結下不解之緣。

翁萬戈（右）當年風采。

一九四六年秋，他成立中國電影企業美國公司，一方面為美國觀眾製作中國題材的影片，另一方面把比較好的美國寫實級教育影片介紹給中國觀眾。

一九四七年，攜妻女回到闊別十多年的上海，當時國共內戰方殷，所得訊息結論都是國民黨大勢已去，華北也朝不保夕，翁萬戈隨即匆匆回到天津老宅，把他祖傳藏存那兒的書畫、古籍、文獻、祖輩手跡整理裝箱轉運到上海，再以輪船海路於一九四九年初運抵紐約。這就是名震海內外「翁氏藏書」移藏美國的傳奇之始。

由此，他開始研究中國傳統書畫，因家傳寶藏而結交了美國乃至世界各大博物館及東方藝術學者，因著參加許多國際性藝術展覽，Wango 成為這一文化領域的傑出人士。

一九五一年，當時在美華裔船運鉅子沈家楨，捐出他輪船公司的股票，在新創的「中國基金會」成立了大洲發展基金，由翁萬戈負責財務，重要工作是頒發研究中國文化獎學金給美國學生，同時還對台灣的大學捐贈書籍。

一九五九年，七月間攜眷二度到台灣，這是一次奇特難忘的經歷；當時的國立故宮博物院、中央研究院聯合管理處主任委員孔德成，特別許可並安排翁氏參觀置放在台中霧峰的藏品，這些都是從大陸運轉存放在那兒的大批故宮和南京中央博物院藏品，就是現今台北故宮博物院的珍藏（當年尚未對外開放）。

翁萬戈於八月六日抵達台中，正好遇上台灣史上最為慘重的八七水災，他只得騎著腳踏車「赤腳扛車淌水」去尋寶。在那兒，他初次看到了范寬的〈谿山行旅圖〉、郭熙的〈早春圖〉以及黃公望的〈富春山居圖〉長卷；翁老回憶，那是開了一次眼界。

一九六八年底至一九七〇年中，應好友著名建築師貝聿銘之邀，參加一九七〇年大阪萬國博覽會台北館的展覽設計，他負責音響影視技術設備工程。此行，結識了不少台灣文化界名流和學者，如：葉公超、魏景蒙、李濟、許倬雲、李國鼎、臺靜農、莊尚嚴等。

展覽中，他製作了：「漢文字的發展」、「陶瓷」、「印刷」、「書法」等文化短片。

一九七〇年至一九七三年，應美國最大拍賣公司之聘，擔任中國古書畫顧問，這是美國乃至西方拍賣公司有史以來聘請的第一位華裔顧問。

一九八二年，擔任華美協進社美術委員會主席，此後他為該社舉辦了三十九次中國藝術展覽會，向美國主流社會推廣介紹中國文化，盡心出力，影響不可謂不大。

至今，翁老是華美協進社榮譽社長、宋慶齡基金會理事。

翁老透露，華美人文學會的負責人之一何勇正在籌畫，將於二〇一三年十一月十八日為他舉辦一場「翁萬戈成就慶祝大會」，請到大都會博物館亞洲藝術部狄龍中國書畫部主任Maxwell Hearn、大都會博物館亞洲藝術部行政主管Judith Smith、華美協進社副會長Nancy Jervis、紐約市立大學傑出教授兼哥大教授Morris Rossabi、波士頓大學教授白謙慎及華美人文學會共同主席汪班等中美文化藝術界人士，在會上介紹翁老的生平和成就。翁老說：「他們稱我是國際社會活動家，其實，我一生最大的功夫就是要把中國文化傳揚出去。」

文化底蘊　人文風采

八十八歲的翁萬戈，現過著「採菊東籬下」的悠然日子，身上散發著真名士自風流的神采，似早入「久已浮雲看富貴」、「彩筆題詩半醉中」的閒適曠達之境，也可說是一種歸於平淡的體現。

他隱居於新罕布夏州（New Hampshire）的「萊溪居」，那是一幢兩層小樓，座落在疏影綽約的山林之中，翁老自述：「房屋東側溪流映帶，南側挖池，泉水自出，有園林之勝。」

「萊溪居」可以說是與「綵衣堂」一脈相承；綵衣堂是體仁閣大學士翁心存於一八三三年購買重建而成，一八三五年翁心存回鄉慶母壽，取「綵衣娛親」命名其宅，以彰孝意；自此，「綵衣堂」便成為翁府的代稱。

「萊溪居」是翁心存六世孫翁萬戈於一九七八年親自設計督建的，他以「綵衣娛親」主角老萊子的「萊」做新居名，另因該屋附近有小溪流過，因此結合稱之。翁老說，「萊溪居」，表示不忘「綵衣堂」。

遠離塵囂的清靜之地，翁萬戈在屋子四周種下的松樹、楓樹、水杉，已蔚然成林；春季，這兒風光是綠水青山，夏天自是鳥語蟬喧，秋季則楓紅層層丹葉滿山，冬天裡，山居一片皚皚。當年到「萊溪居」拜訪的書畫名家謝稚柳，深深被這山水吸引，特題詩：「別業營城鬢不斑，松杉鬱鬱水潺潺，輞川幽境龍眠勝，無分秋來看葉丹。」

翁老回憶曾到萊溪居作客的文人雅士，謝稚柳之外還有徐邦達、楊仁愷、王己千、黃君實等，「我們都是談書（法）說畫，我還特別畫了一幅『萊溪雅集圖』，明年會在波士頓美術館展覽。」

對「萊溪居」，翁老情有獨鍾，深愛無已。

「我喜歡這裏清靜，空氣新鮮，適合寫作讀書。」翁老還說：「我在紐約住了四十多年，那真是紅塵滾滾，對健康很不好，現在我很注重維持健康，這樣才能達到我寫書的工夫。我開始改用中文寫書，不用英文著述了。」

在這裡，他完成了《陳洪綬》，共三大冊，上海人民美術出版社出版，獲一九九八年國家圖書獎。另有《新政、變法》一書，由台北藝文印書館出版。他還將自己一九三六年開始寫的詩，編選成《萊溪詩草》。

唯一的現實——不斷地消失；
痕跡是照片、是信件、是老友的留言…
但那些老友，卻早已不見。
唯一的現實——無限地伸馳；
夢想是計畫、是預卜、是空冊上未說的話……
但那些空冊子，仍在過去的灰塵中等待著什麼？

〈現實〉，是翁老一九九四年寫的詩，可以看到詩人對人間白雲蒼狗、物換星移的感觸，總是文人的浪漫多情。

他認為美術、文學之美，就在於其中的詩意。

喜歡詩，一生寫詩；喜歡畫，一生作畫。

他一生風采多姿，如畫如詩。

施叔青——隱於曼哈頓的鄉土心

施叔青榮獲國家文藝獎。

著名女作家施叔青居住在曼哈頓上西城附近，「我從住處可步行到林肯中心、卡內基」，因為這些藝術殿堂中的豐美盛宴，讓她暢快的過著「獨來獨往」、大隱隱於市的生活。

曾經，多少個冬夜，或在林肯中心看完歌劇、或於卡內基音樂廳聽完大師級的演奏，當離開劇場，走在寒夜的紐約街心，天際還飄蕩著片片雪花，耳邊仍縈繞著堂內優雅或激盪的音符，這時，心中總充盈著熱火般的暖意；如此場景，常浮現心頭。為此，施叔青毫不猶豫的說：「我慶幸住在曼哈頓，全世界我最願居住的城市就是紐約！」

只因這兒有如一個花團錦簇的文化大園林，對醉心各類藝術的施叔青而言，有太多全世界頂極的戲劇、音樂、美術、演講、展覽，任她徜徉、供她滋養；她說：「幾乎每個晚上都有很多精采節目可選擇，而你只能選擇其一，放棄的比選擇的更多，我常感到不捨。」她是如此喜愛和眷戀曼哈頓「島」。

對施叔青來說，一生與「島」有緣：她生長在台灣寶島，十七歲少女之筆寫出第一篇小說〈壁虎〉登上《現代文學》，從此排列在白先勇、王

少女時代的施叔青

文興、歐陽子、陳若曦、王禎和等名作家之中；一九七〇年與新婚洋夫婿赴美，先到夫家紐約，旋即轉往波士頓哈佛大學，陪夫婿寫博士論文，同時選讀該校暑期戲劇課程，後再回紐約，進入紐約市立大學杭特學院攻讀戲劇碩士，她在美國東岸的這個島上，全心擁抱西方藝術；而此生工作的精華期間，卻是在香港紫荊之島，一九七九年受聘香港藝術中心，擔任亞洲節目部策畫主任，種下《香港三部曲》寫作因緣；一九八四年提前退休專心寫作，一九九四年返台定居，離開居住十七年的香江；直到二〇〇〇年再度移居曼哈頓，在這個「島」上，她創作了大河小說《台灣三部曲》，二〇〇八年榮獲第十二屆國家文藝獎，她是第一位獲得此項殊榮的女性作家。

施叔青嘔心瀝血的以大河小說形式，為生長的土地歷史文化作了蝕骨透髓的描繪記述；這一本本厚沉如史冊的文字，也可視作她為自己多重的身份和層疊的生命，做了輪迴式的梳理。

七〇年代，從台灣到紐約，自鄉土色彩的現代文學轉到西方荒謬戲劇，施叔青內心世界與所處外在空間都承受著極大的變異，那段期間，也是她敞開胸懷吐納傳統東方文化和西方文明的黃金期，在紐約大學戲劇學院，她導演了一齣戲，竟然是中國的傳奇故事「王寶釧」，施叔青回憶著說：「為了充實內容，我還找夏志清教授借資料呢！」

「西方戲劇的養分後來如何融入、成為妳寫作的原料？」

施叔青回答：「八〇年代，我在香港寫的〈窯變〉、〈票房〉，就是寫一個場景，故事發生在固定的同一個時空，這可以說是受到舞台劇形式的影響。」

如是，若將台灣和曼哈頓同置於一個旋轉的舞台上，置身於其間的這位女作家，行行復行行三十個寒暑，某一剎那間，會否有萬般情事發生在同一個時空的幻化之感？可也是千年一迴旋間，兩「島」如實如虛重疊難分？

「我覺得那是一種雙重隔離的氛圍，弔詭的是，這種隔離反而讓我更接近自己的鄉土。我在曼哈頓可以找到、接觸到更多老祖宗的東西。」她在大都會博物館可以看到珍稀的中國文化瑰寶，在亞洲協會和許多展演中接觸到以前未曾注意過的中國傳統藝術。

「你不會相信，二十幾年前，觸動我第一次返鄉尋根的因緣，是我在十三頻道公共電視台看到一段黑白崑曲〈秋江〉影片。」〈秋江〉是《玉簪記》中一折，描寫陳妙常搭船追趕小生潘必正，這場戲只有妙常和一艄翁兩角，其作工勝於唱工，尤其老艄公掌槳操舟，二人在舞台上隨波濤上下起伏、站立不穩的抽象表演，乃為象徵主義的極致，堪稱折子戲中一絕；她繼續說：「我看了之後，心裡很悸動，原來中國早有超越時空的美學，我竟還千里迢迢跑到這學西洋現實主義？」

雖不似中國戲台上，一跨步就可穿山越水，而施叔青真的收拾行囊，轉身飛越重洋回歸原鄉了。

一九七二年回到台灣，兩年後她還致力於調查研究平劇、歌仔戲和南管古樂梨園戲呢！

一九八七年至一九八九年間，兩岸文壇尚未往來，施叔青就率先到中國走訪，前前後後訪談了張賢亮、莫言、韓少功、汪增祺、馮驥才、戴厚英等十五位大陸當代著名小說家。她的心識是寬廣的，並非拘泥於本土文學的狹隘範疇。

千禧年，她和夫婿重新踏上曼哈頓，又是十二寒暑過去了，如今施叔青有著看透風景的從容，或許，她更傾心於見山仍是山的禪定吧！佛學與學佛，是她在都會叢林中清澄宿業、得定開慧的自我薰修；此外，她還學太極、究《易經》、寫書法、作國畫；「很奇怪是吧？怎麼會在他鄉異域學自己老祖宗的玩意？這就是紐約的魔力啊！這個城市可以給我的太多太多啦。」

曼哈頓，對她是否真有如實如虛重疊難分的撲朔錯綜？「由於先生是紐約人，我完全融入此間社會，我是曼哈頓的一員，但我用中文寫文章；經常出席各種宴會或交誼場合，

透過禪修打坐，體悟出「身心安頓」的圓融自在。

我自覺的擔起文化大使的任務，因此強迫自己多面吸收、學習更深邃的中國知識，這樣才能自信的回答、傳遞自己國家民族的藝術文化，雖然我與他們用同樣語言溝通，但又覺得自己是異鄉人；這是一種雖然很融入，但又感到隔絕的迷離情感！」

近幾年，透過禪修打坐，施叔青體悟出「身心安頓」的圓融自在；心安在哪，身就在哪，那就是家！

有了新座標，更能清楚的看見存在的距離，因這距離而更客觀，「所以，現在我可以用較寬廣、宏觀的角度對中西文化作更具高度的詮釋，而不致陷在其中。」施叔青補充：「這就是海外華人的第三隻智慧之眼！」

她不是那種安於木魚青燈的佛癡，她是逍遙在紅塵繁華中的隱者，施叔青給自己的生活觀，做了總括性的定調：「我要很認真的遊戲人間。」

是，她已然洞澈「應作如是觀」的如實真諦！

鐵凝——最想接觸的還是人

最美的主席——鐵凝。

「一部長篇小說，我大約要花五年時間醞釀、兩年的潛心寫作。」

鐵凝，如煉鐵一般，把一文一字凝成鏗然又韻致的文學作品。

九月下旬，中秋前夕，在北京，紐約華文作協訪華團與中國作協主席鐵凝見了面，團員中除了施叔青之外，其餘均是和「鐵主席」第一次接觸，雖是初見，但都宛如故舊重逢般親切和自然。

「鐵」主席？是蒙族？是少數民族？大夥對她的「姓」頗為好奇？其實，鐵凝本不姓鐵，「我們家原姓屈，因我父親筆名叫鐵揚，我也就改姓鐵。」

鐵揚原名屈鐵揚，畢業於中央戲劇學院，後成畫家，擅油畫、水彩，以鐵揚作筆名，兩個女兒就隨了姓鐵。而今，「鐵凝」確是戶口名簿上登錄的真實姓名。

鐵凝，女士以之為名，似顯冷漠孤傲，實際上，她本人很溫婉平易，尤其沒有絲毫官味兒；據知，中國作家協會主席一職的級別，相當於「國家正部級」，算是「高幹」，然而，鐵凝對大夥稱她「主席」，卻顯出些許靦腆，「咱們都是搞文學的，可別這麼稱呼我！」

文學氣息濃於官場僚氣

文學巨匠巴金去世後，中國作協主席一職懸空了好一段時間，二〇〇六年底，經過全國作家大會選舉，當時年僅四十九歲的單身美女作家鐵凝，當選新任主席，成為中國作協五十年來，繼矛盾、巴金之後第三代掌門人。

她當選後接受媒體訪問時曾說：我樂意當官但心是自由的。如何應對官場與文學中的雙重角色？從我們伸出手相握的一刻，立馬可以感覺她身上具有的文學氣息遠濃於官場上的僚氣。她被稱作「單身美女主席」，在北京聽「圈裡」人說：鐵凝為了減少這種懸念和困擾，因此在當上主席沒多久就把自己嫁掉了。這個小道消息，純屬道聽塗說，無法求證。

當和鐵凝寒暄過後，還是向她道賀，祝福她新婚之喜；她是二〇一三年四月二十六日，與經濟學家華生結為連理。

「現在與單身時候，生活上、精神上必然有所不同，最大的改變是什麼？有沒有影響單身寫作的自由？」

「結婚後與未婚時相比，最大的改變是單人世界變成雙人世界。如果您說的自由是指時間上的自由支配，當結婚生活開始以後，我自然會有一些時間是和愛人共度，對我來說這不是『耽誤』了自由的時間，反而也許是某種意義上的感情和精神的『充電』。我和我先生的專業屬於不同領域，我們互不限制對方的想法和工作習慣，我先生還特別替我珍惜屬於我的讀書和寫作時間。」

最近有新作嗎？

鐵凝細數著：二〇〇六年初，我的新長篇小說《笨花》出版了，二〇〇七年初，做為階段性小結，我從已發表的四百多萬字作品中，編選了「鐵凝作品系列」，共九本，二百餘萬字，其中包括不同時期的長、中、短篇小說，散文和藝術隨筆。現在正為新的長篇小說作資料方面的準備，同時會繼續寫作中短篇小說和散文。

《大浴女》與人生經歷

談到她的小說，就會想到《大浴女》，「我還看了改拍成的電視劇呢，他們把妳故事主角改了，把小跳改成媽媽，是為了將就演員吧？那個演媽媽的女演員，叫……？」

「倪萍！」

「對，還有姜武的醫生角色也變成男主角了。」

「唉，小說交出去，只有任人宰割了！」

鐵凝緊接著驚訝的問：您在哪兒看的呀？在國外？真沒想到。

言談之間，鐵凝始終保持低調而謙遜，其中顯露出她人生經歷留下的痕跡；「《大浴女》小說內容，也有您的人生經歷吧？在您人生經歷中，對您寫作影響最大的是哪些？」

「我的經歷其實相對是平淡的，少年時期我父親對我影響很大，他對我自發的讀書興趣和寫作給我非常大的關注、讚賞和支持。這在當時文化大革命時期，他作為一個自身難保的知識分子，能做到這點是非常不容易的。我文學的啟蒙老師徐光耀，是著名的作家，最初對我寫作潛力的培養與肯定，對我影響很重要。」

「更重要的還有中國的鄉村生活和三十年來中國社會的巨大變革。四年的知青農村生活讓我從一個城市學生落腳最普通的鄉村，使我有機會認識和了解中國農民，我認為，這對我這樣一個中國作家來說十分要緊。實際上，不了解中國的農村就不可能真正懂得中國社會。」

中國文壇充斥浮躁、功利?!

當了作協主席之後，會給妳在創作時帶來更大的心裡壓力嗎？

「我的本質是個作家，當我寫作時總會有些壓力。這壓力來自內心，和外部環境無關，也和『主席』頭銜無關。因為總是希望自己的下一部小說能比前一部寫得好些。但這壓力並不帶給我內心焦慮，它提醒我的是，面對文學時特別要精神集中，耐心專注。因此我把它稱為積極的動力。當這樣的壓力到來時，我希望自己會生出一種既踏實又向上的力量。」

中國文壇這些年充斥著浮躁、功利、虛假，有人認為現在中國文學創作每況愈下，讀者大眾對文學作品的期待與喜愛也大為低落。這是受到市場經濟影響？連作家也趨於功利？

這個現狀，與鐵主席的「角色認知」，會否有距離？

鐵凝的觀點是：市場經濟在給中國帶來巨大變革和活力的同時，帶給中國文學的，首先也是很多積極的影響和機會。社會從相對封閉到越加開放，人們的思維越加靈活多樣，多元共生的寬鬆文化環境帶給人更多的自我實現的可能性，這些都給中國作家提供著既鮮活、又富於挑戰的新的寫作背景。同時，我個人以為，文學受市場經濟影響所帶來的某些功利化傾向，是當今世界的普遍現象，並不僅限於中國。

「當然，中國當代文學的確也面臨著市場經濟的某些負面影響。在這樣的背景下，文學創作存在浮躁現象。有評論家認為，這種浮躁現象源於兩個尖銳矛盾：一個是市場大量需求與作家『庫存』不足的矛盾；另一個是市場要求的出手快與創作本身的要求慢、要求精的規律發生矛盾。中國大陸現在年產一千多部長篇小說，市場的運作支配了一部分長篇小說的寫作，銷路就變成一些作家首要重視的，這勢必會增大畸形的複製能力，而喪失文學最寶貴的原創能力和獨創能力。」

鐵凝補充，「有相當一批作家能夠不為單純的經濟利益所驅動，他們仍然對文學充滿敬意，在寂寞的寫作中堅守著精神的高度，並且不斷有高水準的新作。這些作家作品的印量可能不如那些暢銷書，但他們每每成為市場的『長』銷書。」

從她的有感而發，反映出台海兩岸文壇的現狀，其實有不少相像之處。

計畫百部作品翻譯工程

客觀的說，文學藝術要比其他藝術寂寞，鐵凝也認為，一本好的文學著作，往往不比一篇樂章、一幅畫作或一部電影更能傳播於世，更易廣為欣賞。唯文學作品有先天性文字與文化的鴻溝，需要跨越。

鐵凝透露，因此，中國作協正計畫一項工程，將一百部現代中國文學作品翻譯成多國文字，將之推向世界，讓這些華文文學能像音樂、繪畫、戲劇、電影等創作一樣，跨越國界、超越文化能走向世界各角落；這可是一項艱鉅的大工程，於是，我們非常鄭重、謹慎，計畫先從英譯本開始，畢竟英語為世界上較通行的語文，我們一定會找一流的頂尖人才來完成，您知道，翻譯是非常細緻的工程，它不只是文字上的通順，還要兼顧文化性、時代性、民族性、習慣性，否則很難具備普世性。

訪客對此「內幕消息」都抱以期待，樂觀其成。

對「海外文學」的看法

來自紐約的我們，想聽一聽「中國作協」主席對「海外文學」的看法。她表示，海外華文文學是中國當代文學發展史上重要的一部分，並且一直有其特殊的、不可替代的位置。「我本人接觸過一些優秀的海外華文作家，他們對文學的摯愛、對中華文化的眷戀、體味生活的獨特視角，以及自身經歷所帶來的複雜的內心感受，給我留下深刻印象。」

近年，中國歷史文化廣泛受到世界關注，學習漢語、華文也成為世界風潮，鐵凝認為，這實際上也在潛移默化中，為海外華文文學、為海外作家的寫作心境營造了更開闊、更豐富、更有利的空間。她相信：海外華文文學一定會呈現更有活力、更受矚目、更飽滿、更壯大的面貌。

「另外，特別想告訴您的，中國現代文學館正在籌建『港澳台及海外華文作家文庫』，並將在文學史展覽中更充分地體現海外華文作家對文學的貢獻。中國現代文學館是目前世界上最大的文學博物館。」

會晤結束前，我們誠摯的邀請主人來紐約訪問，鐵凝坦率的表示：今年暫無訪美計畫，等明年盡量安排吧。她在八〇、九〇年代曾三次訪美：「九〇年代中期的那次訪問，我有機會接觸一些中等城市和小鎮上的消防隊員、警察、農場主、越戰老兵和小學生等等普通的美國民眾，他們給我的深刻印象至今難忘，我已把他們寫進了我的一些散文。」

如果，再次訪美，最想看什麼？

鐵凝答：「作為一個作家，今後無論走到哪，我最想接觸的還是人！」

（**註**：本文部分內容是由鐵凝親筆撰答；當初安排雙方會面，中國作協外聯部主任陳立鋼及吳欣蔚小姐擔心時間匆促，因此建議先以書面提一些問題，其餘再當面訪談。文中由鐵凝女士作答之文字，絕大部分保持原汁原味兒！）

汪班——帶洋人領略中國人文

汪班中英文造詣深厚。

修剪得十分整齊的銀白色短髮，光可鑑人的皮鞋和質料顏色突顯品味的衣著，是汪班的基本標誌。

行事低調，不愛交際應酬，卻熱衷中國文化的傳揚活動，有些特立獨行，但又擁有許多粉絲，汪班在紐約華洋文化圈，是個異數，連一向以英文運用自如為傲的夏志清教授，不論私下或公開場合都曾讚賞這位老友說：「Ben 的英文比我還好」。汪班則都回應：「我只是會些雕蟲之技，怎可與大師相比。」

Ben Wang，是汪班的英文名字，在老美的「中國文化」圈裡，他很有名氣，經常在美東著名大學與曼哈頓主流社團主辦的文化活動中，擔任中國詩詞、書畫、戲劇方面演說，同時還偶爾應邀至華盛頓、波士頓、舊金山、西雅圖做專題講座。他博學多聞，涉獵極廣，不論教學或演講都非常叫座，他最喜歡梅蘭芳和馬連良，因此，他自我要求，每場講座都要像梅老闆、馬老闆的大軸一樣上滿座才行。為了能吸引滿堂采，他每次準備教課和演講，都力求完美，希望讓學生和聽眾能領略到中國文化中的精髓。

汪班說：「準備教材，我絕不馬虎。」他強調：「備課內容不要怕深，也不要嫌重，否則豈不是污辱了聽眾的智慧？」汪班畢業於台灣淡江英專，來美深造獲西東大學碩士學位，先後於紐約哥倫比亞大學、紐約大學教授中國語文與中英翻譯。

紐約美國華人博物館（MOCA）年前在曼哈頓下城舉辦三十一週年慶祝晚會，會中表揚六位年度傳承獎得獎人，其中有美國前勞工部部長趙小蘭的趙氏家族、華美協進社人文學會共同主席汪班、美國艾美獎記者 Bill & Judith Davison Moyers 等。

「這是祖先的光榮」，當汪班在接受媒體訪問時，謙虛地認為他只是傳承祖先的詩歌文化；他因數十年來致力推廣中華傳統文化教育受到肯定。

汪班的學生很不一般，有大都會歌劇院總導演 David Kneuss，汪老師給他取的中文名字叫倪大為、歌劇院導演 Peter McClintock（麥培德），還有哥倫比亞大學前法律系主任 Andrzej Rapaczinski(雷安哲）等多位，至今還每週到老師家上課。

除了學生很不一般，他交往的朋友也很特殊，例如：白先勇，猶記二〇〇六年

汪班以英文講授中國詩詞，非常受歡迎。

秋，崑曲《青春版牡丹亭》到美國西岸巡迴演出，在加州大學柏克萊分校首演，白先勇特地把汪班請去，借他對崑曲的研究和修為，在劇場裡舉辦了四場英文講座。每場講座，上千洋學生都把劇場擠得水泄不通，汪班氣定神閑的將崑曲之美、如何欣賞《牡丹亭》娓娓道來，全場觀眾聽得入神，一直到他講完，才爆出熱烈掌聲。

白先勇曾特別讚揚：「這場演出的成功，汪班先生的英文崑曲講座，功不可沒。」

另外，余秋雨應華美協進社人文學會之邀，前後來紐約舉行兩場演講，他和人文學會共同主席汪班一見如故，當看到汪班不但精通中國古典文學、戲曲，還以精緻的英文把崑曲戲詞翻譯出數十齣，大感驚佩；他回到上海，特別向中國外文出版社推薦。

外文出版社負責人收到自紐約寄去的文稿，看到包括《牡丹亭》、《長生殿》、《玉簪記》等二十六齣經典曲目，都以如此精美、流暢、淺顯、優美的文字譯成英文，其純熟的英語表達，讓西方讀者在閱讀時就能產生感應，這在中國古典戲劇史上，可以說是空前的；於是該社決定以最好的編輯群，將這個巨篇以英漢對照形式出版。

汪班給這本書取了名字叫《悲歡集》（*Laughter and Tears*），意指：戲劇與人生都是笑聲與淚水交織而成的。

余秋雨可以說是這本譯作的催生者，他曾擔任上海戲劇學院院長，他知道這部崑曲譯本意義非凡，在推介《悲歡集》中這樣寫道：「這部崑曲選劇，一大特點是譯自場上演出本，好讀好看。演出本的譯文，首要條件是清楚明白；其次譯者對崑劇演出必須熟悉；同時譯者本人對中國詩詞的修養也決定譯文的高下。汪班先生以及他下過苦功譯成的《悲歡集》完全具備這些條件。」

歷年汪班所作崑曲講座以及翻譯，《紐約時報》音樂評論家 James Oestreich 稱讚是「氣象萬千」（一九九八・七）、「引人入勝」（一九九八・八），以及「多彩多姿」（二〇〇三・九）。

汪班講學對象，長年以美國人士為主，講授的是中國詩詞書畫，他不僅嫻熟中國傳統詩詞，而且精於中詩英譯。他最喜歡的詩人是李白、杜牧，詞家是李後主、柳永，畫家是八大山人、齊白石，書法是溥心畬；而他也寫得一手好字，纖瘦不失蒼勁，鋒利涵蘊飄逸，自成一格。

汪班的英文底子深厚，其來有自，他出身書香門第、鐘鼎之家，從小就學習外文；他記憶裡：小時候，曾吃過很不同的巧克力，是在陽明山總統官邸蔣夫人獎賞他的，因為他很流利的對答了夫人的英語 conversation。

簡介

- 現任聯合國語言部中文教師，紐約華美協進社（人文學會）共同主席，紐約崑曲社顧問兼首席翻譯。
- 自一九六九年先後於紐約哥倫比亞大學、紐約大學等校教授中國語文與中英翻譯，並教授中國文學課程。
- 一九八八年，以中譯《成長路》一書獲台灣文協文學翻譯獎。
- 二〇〇三年，獲紐約市政府頒發「對文化有特殊貢獻最傑出公民獎」
- 二〇〇九年，英譯《悲歡集》由中國外文出版社出版。
- 二〇一一年，中譯《子夜行》重新印行，成為台灣暢銷書。

濮存昕——舞台上的詩人

在電影《弘一大師》中的造型。

濮存昕，優遊於舞台、影視之間的著名演員，「北京人藝」當家台柱，受華美協進社人文學會之邀，將於四月中旬來紐約舉行演講，並與何大一博士同台宣傳預防愛滋病。

濮存昕接受訪問時，正在北京首都劇場演出莎翁名劇「哈姆雷特一九九〇」。一九九〇年，濮存昕首演此劇，十九年後哈姆雷特重現舞台，王子是老了？還是成熟了？濮存昕說：「王子的生命更豐富了！」

「我覺得自己比較接近李白」

濮存昕曾在舞台上、螢屏上、銀幕上塑造過李漁、曹植、曹操、李白、弘一法師、魯迅等藝術形象。「現階段，我覺得自己比較接近李白。」濮存昕這麼說自己。

李白「斗酒詩百篇」的才華風流？「長安市上酒家眠，天子呼來不上船」的傲岸灑脫？還是「我輩豈是蓬蒿人」的高自期許？也許都有幾分。濮存昕敢言、敢為，不屈己、不屈理。他被任命為「人藝」常務副院長之後，直言不諱，將矛頭直指生他養他的「人藝」，愛深責切，擇善固執：「人藝的現狀實際上是一鍋粥，濮存昕你跳到這粥裡去攪和，就會被淹死。你想把這鍋粥倒了，重新煮，根本就不可能。」、「林兆華之所以在人藝沒有形成主導地位，是因為這個環境不能容忍他的創新精神。」、「演員工作就是表達角色生活很微觀的心理過程，可是我帶著滿腦門子官司，這種關係、那種關係，要協調矛盾、解決矛盾……怎麼演？沒法演！」、「我就是想做自己想做的事。堅持我的觀點，堅持我的態度，堅持我對這事件的判斷，這才是認真負責的態度。」

不惜犯眾怒，有點兒「安能摧眉折腰」的李白的風骨？從深諳世故的眼光看來，他是夠「天真浪漫」的了！

但濮存昕胸中湧動著「黃河之水天上來，奔流到海不復回」的豪情，以一洩千里之勢灌注在演藝事業上。他認為：「今天是一個全球文化共用的時代，中國的影視、舞台文化應該有更大的胸懷、勇氣，與時俱進。」

期待真正的「百花齊放」

濮存昕從不避諱他受教育的程度：「我的文化程度只是高小，小學六年就上山下鄉了，在黑龍江待了八年，一九七七年才回城。」

這位僅是高小學歷的演員，如今不但在演藝舞台上頻頻獲獎，還是清華、復旦、湖南、東南、杭州師範等大學講台上的貴賓。

舞台上的李白。

「中國影視近十幾年來有很大的改變，您身歷其境，是這個大潮流中的一份子，你對今後的發展有什麼看法？」濮存昕回答：「從兩個大方向紮根，一、基礎教育要更紮實，二、真正百花齊放。藝術本身的特性，離不開創作者個體的生命及其真誠的感受。現今有很好的自由創作空間，也有多種繁榮的管道，但有太多的東西，因為面對市場化而必須有所為而為，為別人而做，創作題材越來越窄、越趨雷同。這違反了創作規律，我期待真正的『百花齊放』；現在所謂『命題文學』、『主題先行』的創作有點多，雖然這也是『百花齊放』的一種，但不夠萬紫千紅！」這話裡該有不少潛台詞。

追尋燈火輝煌的舞台

濮存昕認為，發展除了要創新，還應該有傳承，「當代表演藝術家，應該認真琢磨老一代藝術家留下來的精湛表演藝術。」

濮存昕的父親蘇民，退休前是北京人藝著名話劇導演和演員，熟悉中國話劇的都知道老爺子，但鮮有人知道他的本名——濮思荀。濮存昕說，他的許多思想是受父親的影響。小時候他常去人藝給父親送飯，化妝室通往舞台的長廊有條黑黑的甬道，這條甬道是不准小孩進去的，小濮常常站在這條神秘的甬道口等待父親，小心靈裡明白，它的盡頭是燈火輝煌的舞台。

這一方小小舞台如今是否依舊燈火輝煌？還是受電影電視的衝擊而日趨式微？身為「北京

人民藝術劇院」負責行政的常務副院長，人藝台柱，他否定了這想當然的「推論」。

「話劇在北京火得不行，上海也是一樣，你沒看見許多大城市紛紛在蓋大劇場？說句不得體的話：我們要比老前輩演的場次更多！倒是地方城市的觀眾有些流失，這與文化環境有關係。」

濮存昕認為戲劇是藝術、是文學、是文化，應有思考價值；真誠的創作讓觀眾喜愛，也樂意買票來欣賞。文化消費是良性循環，不同於娛樂消費。他希望大環境能讓思想再開放、讓藝術家放手創作！他強調：「自由的空氣、純淨的水、充足的陽光，才能成長出健康的文化。」

此次紐約之行，他將到百老匯看話劇，「我可能不完全聽得懂，但我會以專業的角度來感受，百老匯的商業運作，在市場競爭之下，他們仍有精緻的作品。我也期待中國的話劇既在商業基本規律之間，同時有主題深刻、個性鮮明的作品出現。」

為文學電影請命

文學性、有個性的小製作電影，不能迎合大眾化娛樂消遣，也沒有感官上的刺激享受，因而無法進入院線放映，濮存昕為之叫屈！為此，他在剛開完的政協會議中，提案建議，希望當局運用宣傳的優勢，為這類影片營造空間，提供平台，例如：以低票價吸引觀眾、舉辦專題電影節等，讓創作集體成為品牌、被觀眾認同；另一方面，也為喜愛文學電影的公眾創造觀賞機會。

電影的功能可以如賀歲片、商業片，舒緩人們的精神壓力，也可以用深遠的文化意義影響社會。濮存昕說，廟堂文化有高雅，也有孤獨；草根文化有通俗，也有熱烈。「應當給它們自由的土壤和空間，讓它們和諧共生，不能輕易否定或簡單抹殺。」

濮存昕很無奈地嘆息：「魯迅」和「一輪明月」都沒進院線，只是在電影頻道播過就算了，可惜啊！這兩部電影都是向文化和知識分子靠近的，在市場上卻不受待見，他感到痛心！

但「一輪明月」和「魯迅」兩部影片，在多所大學放映而且引起很大的反響。為了這兩部電影，濮存昕分別在清華、復旦、湖南等多所大學舉行演講，探討他與這兩個角色（弘一與魯迅）的關係，也就是這兩個角色對他的影響。

弘一與魯迅　影響深遠

弘一法師有一句話：「一事無成人漸老，一錢不值何消說」，因之稱「二一老人」，濮存昕由此衍引自號「二一之徒」，並用這句話做自己的座右銘。

弘一法師對他有一份特別吸引力，剃度前的李叔同瀟灑熱情，是多才多藝的文藝青年，集寫作、繪畫、音樂諸多才華於一身。一九〇七年浙江水患，李叔同發起義演話劇籌募善款，並創立「春柳社」，為中國話劇開先河，他本人也是中國登台演話劇的第一人。二〇〇七年，紀念中國話劇一百年，濮存昕演了八齣戲，共一百二十三場，他說：「我用高密度演出創作，來紀念李叔同。」

演「魯迅」時，他打破橫眉冷目的刻板形象，塑造了溫和而抒情的魯迅；他特別得意蕭紅向魯迅道別的那場戲，他琢磨又琢磨，才以在病榻上不斷咳嗽的情節，表達魯迅對蕭紅欲語還休、似是無情卻有情的「戲劇語言」。

濮存昕深入魯迅內心世界。「他在那個時代是覺得沒有希望，前途茫茫的；他又知道一定會有前途的，一定會有光明的。他是一個非常孤獨的人，這叫高樹悲風。」

在眾多演過的人物中，濮存昕認為弘一法師和魯迅給他的影響極為深遠。或許是人生體驗的累積，心理成熟度更深厚，面對這兩位現代文化史上重量級人物，反而是一種沉澱，從中反射出更明亮的光芒。濮存昕舞台藝術上的伯樂——導演林兆華，這樣評價他：知天命後，內斂的鋒利與柔韌，遊刃有餘的表達。

與弘一大師心靈對話是二〇〇三年，面對魯迅世界是二〇〇四年；正是他走進知天命的人生階段，若再早幾年，「小濮」可能無法如此成熟穩健地直面這兩位大師。「四十五歲以後才懂得中國傳統文化，對生命本身有太多幫助。」濮存昕感到幸運，接下這兩部偉人的傳記電影，他說：「一個演員，不只是演劇中人物，其實，每個人都在扮演自己的角色，不斷提升『自己』這個角色的生命質量；我在老祖宗留下的傳統文化之中，找到很多珍貴的財富，尤其開放後，親歷東西方文化交流，出國四處走走，經過體驗、比較，我更堅信咱們傳統文化有絕對的高度、有一定的深度，相信海外的同胞更能體會傳統文化帶來的影響。」

走過「上山下鄉」，經歷過「文革」，回首望去，忽忽已是半個世紀的人生了！濮存昕難免感嘆說：「生命中總有些地方很荒謬！」

紐約之行 有點緊張

談到四月的紐約演講，濮存昕有點緊張。上次公開的紐約之行，是帶團來巡演「人藝」鎮院之寶——「茶館」，演員陣容可圈可點，除他本人，還有梁冠華、馮遠征、楊立新、何冰等硬裡子演員，曾經造成轟動。

此番是受華美協進社人文學會之邀舉行演講，濮存昕說：「演員不同於學者，我們擅長在舞台上表達，要在講台上講出個理兒，有點難！講什麼呢？不自信，講堂不是我的優勢空間。我還是梳理了思路，找好了主題，認真準備了，絕不能讓海外的同胞太失望，是吧？」

「演員進入一個角色，必須灌注真誠的感受，才能贏得觀眾的接受，才能感動他們，因此，紐約的這場演講，我要從我的感受出發，那是真誠的，主題與『我與我的角色』有關。」

濮存昕有句名言：「演員的資歷啊，如果你演過非常了不起的人物，演過經典的作品，這是你的資歷。」

三十多年的演藝生涯，濮存昕塑造過一系列令人難忘的人物形象：話劇舞台上有李白（「李白」）、穆天培（「阮玲玉」）、莊周、夢王孫（「蝴蝶夢」）、曹植（「天之驕子」）、周萍（「雷雨」）、常四爺（「茶館」）、李漁（「風月無邊」）、董祀（「蔡文姬」）、哈姆雷特（「哈姆雷特」）、屠岸賈（「趙氏孤兒」）。

電視劇有「英雄無悔」中的公安員警、「光榮之旅」中的解放軍、「天下第一樓」中演頑主、「來來往往」及電影「說好不分手」中演的則是大眾情人，因此而有了「師奶殺手」的封號。

電影中他大多詮釋正面人物，第一部電影是謝晉導演、白先勇原著的「最後貴族」，之後，拍「清涼寺鐘聲」扮演明鏡法師、「洗澡」中演哥哥，「一輪明月」中的弘一和「魯迅」中的魯迅。

最近幾年，濮存昕比較沉寂，影視戲接少了，「二〇〇八年我只接了一部連續劇『闖關東2』，因為拍戲時間不長，否則，不會接。」除了鍾情於舞台劇，他這些年用很多時間做公益活動。「演員知名度較高，參加公益活動，可產生

一样的情感，一样的理想，一样的生活
艾滋病不会影响我们的友谊
我们是朋友
濮存昕

濮存昕與姚明都是預防愛滋大使。

特有的影響，他不同於官員、不同於專家，更接近群眾，宣傳效果也更好！」

二○○○年底，他接受中國衛生部聘書擔任「預防愛滋病宣傳員」，同年十二月一日參加預防愛滋病宣傳活動，那段時間他結識了醫學博士何大一。他們與多位熱心人士，奔走中國大城小鎮，宣傳預防愛滋病，提醒國人正確觀念，讓中國上下正視預防工作，關心愛滋病患。

濮存昕期待與何大一在紐約的重逢，他說：「需要奉獻的時候一定要伸出手，不在早晚、不分地域，隨時隨地的去做，開心的做。」

趙淑俠&趙淑敏——姊妹情、筆耕緣

淑俠（右）與妹妹淑敏。

趙淑俠、淑敏這對文壇姊妹，二〇〇九年初春要出新書了，這與她們「上一次」出書，相隔十一年！

姊姊的新書是《忽成歐洲過客》，妹妹的新作為《蕭邦旅社》，看書名，不難嗅出「羈旅異鄉身似客、兩鬢秋霜細有華」的意味。

冥冥中註定的因緣

當姊妹，除了有情分還要有緣分。趙淑俠和趙淑敏同在文壇屹立不搖，姊妹情分篤厚自不待言，趙家姊弟六女一男，單單就老大、老二喜愛文學，兩姊妹一起走入文壇，似乎是冥冥中註定的緣。

不論在紐約、在歐洲、在台北、在大陸，許許多多文壇聚會、寫作論壇的場合，淑俠、淑敏總是形影相隨，尤其這幾年，姊姊呵護妹妹，妹妹照拂姊姊；創作天地裡，雖然各有一片天，兩人情深義濃、鼓勵切磋，數十載而不移，實屬近代華文文壇風流多采的姊妹情、筆耕緣！

作家文友聚會上，大姊是熱情圓融的，二妹比較靜肅安然，淑俠總是滿場笑語盈盈、溫馨寒暄；淑敏多是輕言細語、一旁含笑靜觀。

座談或讀書會上，發表意見時，姊姊會稱揚讚賞多於批評指教，儼儼然有儒釋之風；妹妹常客觀超然、一針見血，鏗鏗然有包青天的架勢。

雖然兩人風格相異，但她們敬重文友、平易和善的風度則是一般優雅，在兩人雍容的笑意中，讓人神馳遙想：錢鍾書曾對夫人說：「有名氣就是多些不相知的人。」楊絳為此寫下直堪沉吟低迴的註腳：「我們希望有幾個知己，不求有名有聲。」

以筆代劍，馳騁文壇

淑俠人如其名；一份堅強的自信心作後盾，她的外表顯露著自在與樂觀，笑容常寫在臉上，揚起的嘴角掛著關懷與熱情；現在，好多人都叫她「大姊」而不名，是因為感到她散發出的「淑人君子，其儀一兮」煦煦溫暖吧！

事實上，她大半生輾轉異鄉，人在天涯，獨來獨往的一個人，她說過：「我默默獨『爬』，孤家寡人一個。」此中的「爬」，就是爬格子。如今她不用爬的了，她與時俱進早已「敲」電腦了！

趙淑俠文如其人；她有幾分俠氣，她認為這「俠」字，最能形容她諸多文章裡潛在的精神，「我走過不少地方，看過形形色色的中國人，……我覺得在今天的世界上，做個中國人並不輕鬆」；或許就是肇因於這個「俠」字，她以筆代劍，馳騁文壇，她描寫海外華人的奮鬥心路歷程，為他們一掃胸中飽饜的酸甜苦辣，當然，其中也寫了許多自己！

淡素，也是美學

在她的小說的創作中，不論是「我們的歌」、「落第」、「春江」或是「賽金花」，都含同樣元素：真實、真情、真心，她說「我寫小說不喜雕琢，十分追求自然淡素。」

淡素，也是一種美；絢爛趨於平淡，是一種意境；趙淑俠是學美術設計的，她在引領世界時尚潮流的歐洲，從事絲綢圖案設計，用色大膽、極盡花俏，她說，那是一種直接的視覺效果，而文學，是心靈感覺之美，揮灑之間自是不同，追求目標也有區別。

大姊的筆，還是多情的，飽含女子的柔情、婉約、細緻，但又不失書香大氣。她的另一部長篇小說「淒情納蘭」也將付梓，她在介紹文字中，這樣寫著：「紅塵孽海，浮生淒迷如夢，生死之限本難界定。容若的肉身雖已消失三百多年，他的詞作仍在繼續傳誦，留給人間無限的優美婉約和感人肺腑的至情。他證明了文學和一個文學男人的魅力與不朽。也證明了只有真正的美與善，能在人間逐世長存。」也顯露了作者內心的善美與筆端的氣度。

愛唱歌的「秘書」

同樣是知名的作家，淑敏與姊姊的作品風格卻不相同。

趙淑敏曾任教輔仁大學、實踐家專及東吳大學。十六歲就開始投稿，她形容自己是「教授三十年，寫作四十年」。

或許因為久當「夫子」的關係，她的作品多雜文、方塊，如《心海的迴航》、《小人物看大世界》及《採菊東籬下》等，與姊姊最大不同，她多了幾分敏銳和理性。

妹妹愛唱歌，九歌出版的《乘著歌聲的翅膀》這樣形容作者：「愛唱的人時時不忘唱歌，有聲的歌與無聲的歌全溶在文字裡。」真的，她超愛唱歌，如今在許多場合仍是不吝於展現她的美聲歌喉。退休了的教授仍不失赤子純真，可愛！

對大姊來說，二妹還有更可愛的一點，那就是客串當姊姊的秘書；她倆經常一起應邀參加座談、新書發表、茶會、參觀等活動，每當主辦單位打電話邀約大姊，正要說明時間地點，她總會搶在前頭說：「對不起，請您把時間地點告訴淑敏吧！」

淑敏也總會在電話裡跟聯絡人說：「請把注意事項都告訴我吧，您就是告訴大姊，也白搭，她記不住！」

趙大姊的本事，就是把記有電話、地址的紙條，隨手一放，就再也找不著了！因此，她一遇要事，一定找淑敏充當「秘書」，妹妹非常細心的筆記各項細節，仔細得教人佩服。如，從她們居住的皇后區法拉盛到曼哈頓中城某博物館參觀，二姊會上網，把搭地鐵的車號、轉車站名，轉搭幾號地鐵、哪站下車、哪個出口，都查得詳盡、記得詳細。大姊就安安心心，從容自若地跟著「秘書」亦步亦趨到達目的地。

桌腳下「玩」看書

提起寫作緣，悠悠然，妹妹走進時光隧道捕捉那段緣起：我五歲就跟著大姊鑽進巷口的書店「看」書去啦！我哪認識字啊？我就學大人看書的樣子，拿本書可以端詳許久，後來讀書識字了，自然對書有一份熟悉的親切感。

這雙姊妹對文字的迷戀，或許真是老天特意的安排。淑俠那年只有八歲，剛懵懂於小說中的形形色色，一下子就沉醉在「小書」的世界。

又是天寶年間的話了：抗日戰火日熾，趙家隨著國民政府遷到陪都重慶，姊妹幾個小娃娃跟著父母從黑龍江千里流徙至嘉陵江畔，離鄉背井又逢國難當頭，孩子們哪有玩具可耍？

八歲的大姊帶著五歲的二妹，百般無聊的在巷子裡閒晃蕩，無意間走進巷口的一家書店，大姊發現了「玩具」，此後兩個娃娃就常蹲在書店的一方桌腳下「玩」看書；字不認得幾個，就溜著看，一直「看」到抗戰勝利，全家搬到北平。其時，已埋下日後喜愛文學的種子。

「書店名叫『時與潮』」、「是齊大爺開的！」、「齊大爺就是齊邦媛教授的父親」、「他是我爸的老友，是東北協會的會長」、「正確的說，書店是東北協會辦的」。

兩人回憶起這段往事，妳一言我一語，爭先恐後、吱吱喳喳，像回到當年孩提時。清晰難忘的童年，是此生美好的記憶啊！

「家家酒」與劇本

淑敏還記起娃娃時代，和姊姊妹妹一起玩「家家酒」，用紙剪個小男生、做個小女生、做一些桌椅家具什麼的，開始辦家家，不但有台詞、還有劇情，今天沒「辦」完，明天接著演，就像現代的連續劇，她認為這是她後來也寫劇本的「因緣」。

說到劇本，大姊淑俠興致可高了，因為她當年做小小讀者時，是從看劇本入得迷，十來歲就能把「北京人」、「日出」、「雷雨」、「原野」背得滾瓜爛熟。

投入太深，以致她的人生第一目標是當「演員」。後來寫作則成了生命中的最愛。這段青澀年代的美夢，在一九八七年訪問北京時，特別要求拜訪曹禺，她很鄭重的對崇拜的偶像做了「坦白」。

自己的劇本對一位海外女作家，有如此大的影響，曹禺老先生必然是一番驚喜。

傻蜂戀秋花

這是一個出版灰暗的時代、也是讀書風氣窒礙的時代，更是文學創作病老垂危的時代，兩姊妹寫作熱情並未因此而頹喪冷卻，二〇〇九年伊始，她們同時出版新書，雖然當年的光輝四射不再、也非昔日風華正茂；但兩姊妹卻是用心血筆墨證明：肯創作，文學就永遠不會死！

白先勇對他的文學不了情，以「傻蜂戀秋花」自況，而趙家姊妹用創作出版護衛文學生命，兩廂的執著異曲同調，不由令人興起「多謝殷勤杜宇啼」的感觸。

何大一——華文情緣剪不斷

何大一夫婦都熱衷學習中國文化。

何大一有一張不顯老的娃娃臉，在許多中、西方媒體報導中，除他研究愛滋病成就之外，經常會提到這個特點。

這一天，何大一端坐講台上特別布置的明式南官帽紅木椅上，兩眼、鼻子和嘴角都開朗的笑在一塊兒了，笑得瞇瞇的，帶幾分慧黠，那表情就像一個大男孩，他說：「我是江西人，就是有些人說的老表。」用中文說的，溜極了，台下聽眾報以熱烈掌聲。

何大一，全球知名的愛滋病雞尾酒療法發明者，日前在紐約應華文作家協會之邀，舉行了他在美國的第一次中文公開演講，主題是「談中華語文」，這也是他第一次面對大眾演說非醫學研究的內容，當天主辦單位特別邀請世界日報紐約社副社長李德怡與他對談。

為了這次對談式的演講，兩位主角都慎重其事，卯足了勁勤做準備；何大一特別邀請李德怡到他在紐約中城的研究中心訪問參觀，其主要目的，是希望透過面對面的交流，培養默契。

兩人是初次見面，客套寒暄之後，李德怡開門見山的提議：「現在我們就用中文交談。」兩位在本行各領風騷的大忙人，彷彿回到學生時代，當下就開始認真、仔細的「討論功課」。

李德怡探詢：「對這次演講，你期望達到什麼目的？」何大一沉思了一會兒，鄭重的表示，為了更精確的表達，還是用英文說吧！「我是要與大家分享學習中華語文的心得，我不能記住那麼多美好的詩詞，也不會用毛筆寫字、畫畫，但深深領略到中國歷史文化的悠久淵博，它的偉大值得我們驕傲，我覺得在美國的中國人，應該對它了解更多！」言語之間，他的表情嚴肅又虔敬，聽者為之動容。

「我是江西老表」，就是何大一在演講會上回答李德怡提問的開場白，西方的幽默不失傳統的中國味兒；此時此刻，這位在西方卓然有成的科學家，全然回歸到千年古老的文化懷抱。

他用中文一字一句，清晰明瞭的，講述追尋中華文化軌跡的初階體會與心得：說到「家」，就是房頂下養有豬；屋子裡有一個女人，就「安」了。談到江西怪才八大山人，談到在中國即使一個縣城的博物館都有讓人驚豔的寶藏。他雙眼中閃爍著驚喜與自豪的光芒。語言中的智慧與幽默，不時顯露著世界級大科學家的才情與風采。

何大一有長串令人驚羨的履歷：加州理工學院第一名畢業、哈佛大學醫學博士、發明愛

前紐約市長彭博參觀何大一（右）的研究室。

滋病雞尾酒療法、一九九六年《時代雜誌》年代風雲人物、加州名人堂唯一華人、台灣中央研究院院士、中國工程院院士、美國科學院院士、美國艾倫•戴蒙愛滋研究中心主任、中國愛滋病防治行動聯盟總設計師。

這幾年，他致力中國愛滋病防治計畫行動，針對面臨感染危機的群體，尤其是青年和兒童；最近又在中原省份啟動前所未有的阻止母嬰傳播項目，建立病毒藥物治療和監測點，進行抗病毒藥物治療，這個技術行動可以把母嬰傳播比率縮小到百分之二。另外，他所主持的艾倫•戴蒙研究中心針對雲南愛滋病病毒流行菌株疫苗，已進入臨床實驗。他們將結合美、中精英研究單位一同進行第二期臨床試驗，如果他們的成果能順利成功，將會推進全球的愛滋病疫苗發展，可能會挽救成千上萬的生命。

他透過中國愛滋病防治行動美國籃球聯盟合作，把姚明和魔術強森 (Magic Johnson) 拉在一起，拍攝一系列公益廣告，將預防愛滋病資訊傳遍中國大陸。

事實上，何大一已然從單純的醫學研究室裡，走向深入人類大眾的人文關懷領域，他奔走於世界各國，呼籲重視推廣公共衛生和愛滋病防治。面對世紀瘟疫的風暴，他扮演先鋒戰士及精神支柱雙重角色，對那些在深沉黑夜裡最需要援助的人們，不但給予生命救治，更重要的是投注了可貴的同情與關懷。

何大一出生在台灣台中，十二歲那年與弟弟隨母親，來到洛杉磯與父親團聚，何父是早年留學生，半工半讀，學成之後在美落戶安家。為使大一兩兄弟盡快融入學習環境，並期待他們將來進入主流社會，父親嚴禁孩子在家講中文。從此，十二歲小男孩就把中文給「丟」了。

一丟就是四十多年；八年前，何大一開始往來中國大陸推廣愛滋病防治工作，並到台灣、香港演講、開會，他發現不會中文是很遺憾的事。近幾年，他往返大陸次數越來越頻繁，而去的地方多為河南、安徽、雲南的鄉村，不論在接觸病患、兒童、官員、領導，語言溝通成了一大障礙，他感到，若是和這些人用同樣語言交流，彼此會更親切，宣導工作會更有效。

一年半前，何大一下決心要把中文「撿」（pick up）起來，多方尋訪後，經人介紹，終於拜在華美協進社人文學會共同主席汪班先生門下，正式學習中華語文。何大一的「同門」師兄師姐，也都非等閒之輩，例如：哥倫比亞大學前法律系主任 Mr.Andrzej Rapaczinski，古根漢美術館亞洲部主任 Ms. Alenxandra Munroe，大都會歌劇院總導演 Mr. David Kneuss，聯合國行政組織副主席 Ms. Francoies Nocquet 等。

汪老師是利用週末時間，分時段、一對一授課，學生預約上課時間，何大一大部分選在週日上午。他們上課教室就是汪老師府上，這些學生可真是名副其實的「入門弟子」了。

據老師說，大一對中國文字的演進，極感興趣，包括象形、轉注……，還有中國的詩、畫、文學，莫不聽得入神。

在「課堂」上，這位《時代雜誌》風雲人物，像小學生一樣，遵師囑，拿著課本，一句一詞的朗誦著，稍有不慎，吃了螺絲，還靦腆的偷覷老師一眼。老師講解課文的時候，他側著頭專注的聽著，並仔細的作筆記。

何大一剛開始讀的是普林斯頓大學高級班讀的《華夏行》，後來讀堪薩斯大學東亞系用的廣播文章。另外文化課方面，他已讀過《詩經》，汪老師計畫為他講解《楚辭》，他們的最終目標是讀《紅樓夢》。

可是何大一工作太忙了，經常出國開會，或到大陸推廣愛滋防疫，使他無法如願如期上課。老師也教寫字，一向自我要求極高的何大一，有時會顯得焦躁，因為有些字，他老嫌寫不好。他喜歡音樂，老師告訴他，中國文字是有韻律、節奏的，對此，他尤其心領神會。

除了讀、寫之外，他還接觸到國畫，山水、蟲鳥、花卉；對老表同鄉八大山人的身世遭遇，他特別關注，八大書畫的意境，也深深引起他的興趣，為此，他曾專門到南昌市南郊的八大山人紀念館參觀，買了一套《八大山人全集》十餘冊，現就擺在他研究中心辦公室裡，足見他是有心人！

此外，科學家對唐詩宋詞也很傾心，而王羲之、黃山谷的書法，也讓他興起相見恨晚之嘆。

何大一不是讀死書，學習中華語文過程中，他仍保持這份求知精神，不時提出疑問。作學問，他有追根究底的好奇心，在演講會上就強調：「特別是學科學的人，要勇於追究、勇於挑戰，向權威挑戰！」

問他：「你是否經常向汪老師挑戰？」他則說：「我需要學習的東西還太多，而且汪老師的學問很淵博，我不敢挑戰他。」其實，他不敢挑戰的並不是汪老師，而是那沉浸在長江黃河裡淵遠流長的文化之靈。

也許是年輕即享盛名，養成何大一含蓄圓渾的性格，但私底下，當他和朋友談笑風生、互相調侃的時候，往往可以看到他促狹、調皮的本色；「『調皮』？我有聽過這句話，小時候在台灣，小學老師就常說我很調皮。」此番真情告白，證明這娃娃臉的大男生，果然是聰穎調皮的很！

作家趙淑敏問：「你既在台灣讀過小學，怎麼會把中文丟得這麼乾淨？」何博士答：「一來美國，爸爸希望我盡快習慣美國學校，在家不跟我說國語，那是一個一切趨向主流的時代，我必須及早進入英語的世界。」

私下閒聊，趙淑敏發現一個小秘密：何大一在家雖不許講中文，但他和母親是用閩南語溝通的，換言之，他的台語說得比華語流利，於是，趙、何兩位都曾在台中上過學的教授，就大大方方「開槓」（台語的聊天）起來。據現場親聞者表示，何博士的閩南語發音還蠻標準的。

何大一在知命之年，重新回歸自己民族的悠久文明、感受祖輩留下的文化魅力。恁他走遍全世界，贏獲璀璨萬丈的光環，驀然回首，發現那千年不移，依然等待著他的，竟是古老精粹的中華文化！

稀罕的是，短短的一年半時間，他神速的親近著中國的歷史、語文、藝術，而且充滿喜悅與自豪。這讓人想起詩聖杜甫〈春夜喜雨〉中，「隨風潛入夜，潤物細無聲」的詩句。

當下呈現眼前的一些結果，必然有其緣因，我們無法一一知道，依佛家的觀點，認為這是無始以來，多生多世以前就跟著生命帶來的，然而，沒有人知道自己的生生世世，也無法證明它，因此，中國人有了「慧根」的說法。

有人說，如果何大一當初不是研究生物學、醫學，而是致力文學、哲學，他依然可成為一方大家；或許，何大一就是所謂具有「慧根」的人吧！

何大一父親返鄉——悲欣之路

美國《時代雜誌》以何大一做封面。

「我七歲的時候，父親就隻身來美留學了；他是從照片上看著我長大，我是從照片上看著他變老！」何大一在父親傳記中文版《悲欣路》發表會上，追憶當年父子之情！

何大一對父親的感情，不像對母親的依賴，有的是更深的仰慕與尊敬，「他是很傳統的中國式父親，怎麼說呢？他是喜怒不形於色，很難看到他激動的表現。」何大一一九九六年獲《時代雜誌》通知被列為風雲人物四個候選人之一，其他三人是：總統柯林頓、電子大亨比爾・蓋茲、修女德蕾莎；相較之下，他認為根本輪不到自己，把情況跟在西岸的父親說了，得到的是平淡的回應；殊料，結果揭曉，他獲得了當年的風雲人物，「我興奮的把好消息告訴父親，得到的回應還是平淡的，但我相信他一定比我還高興！」何大一會心的笑說，好似面對著去年往生的父親。

何大一說：「父親走過的路，很艱難，我回頭看看自己走的路，是遠不如他的辛苦！」他從父親何步基為了上中學跋涉三天到南昌考學開始，談到抗戰時隨浙江大學師生撤離杭州，他們經過江西、廣西，最後在貴州遵義落了腳，路途長達二千公里，抗日勝利回到老家奉父母之命成親、生子。一九四七年從上海登船到台灣，那是二二八發生五個月後，在宜蘭中學開始教英文。一九四九年中共建政，與家鄉斷了音訊。命運又牽動千里姻緣，他轉到彰化教書，經人介紹認識了十八歲的江雙如，當時她是彰化女中高三的學生，步基比雙如長十二歲。由於兩人有太多差異和隔閡尤其是在省籍和語言、文化方面，女方家長堅決反對這樁婚事，經過多番周折，這段「師生戀」直到一九五一年才修成正果，外省人終於娶到本省人。何大一認為他父母創下的這樁「省籍聯姻」，是非常不容易而且極有意義的！他對父母親的勇敢和堅毅感到欽佩和驕傲。

一九五二年，他們的第一個孩子降生了，步基給兒子取名「大一」；「父親被我外婆取笑，說他大概認識的字不多，才給我起了這筆畫少的名字。」何大一說：「我爸爸說這兩個字，代表無限的希望，以及宇宙萬物的永無止境。他是希望我不要再承受他曾經受過的苦！」

一九五七年，何步基實現了到美國留學的願望，他不得不將雙如和大一、弘一（二兒子）留在台灣，隻身登船遠渡重洋來到美國，「一九五七年到一九六五年，母親獨自帶大我和弟弟，父親每月會寄五十美金給我們，五十美金那時很有用的，但我也相信，父親要存這五十塊錢一定很不容易。」

何步基在美國的奮鬥，是屬於最早期留學生的經歷，其所受到的不公平待遇和種族歧視遠比今日情況嚴峻數倍，一九六五年以前，美國移民局有一條拒絕華人入境的明文規定，當時華人留學生不但無法取得永久居留權，更不能接家屬來美，直到一九六〇年年底，他進入洛杉磯浩夫頓（**Haughton**）電梯公司當工程師，那年他四十歲，才請公司幫他申請居留權，等拿到綠卡才將妻兒接來美國團圓。

一九六五年三月大一和弟弟隨母親從松山機場起飛，遠渡重洋抵達洛杉磯與闊別七年的父親重聚，當時大一已十二歲，弟弟弘一十歲。大一記得，當時因為離開台灣，不用參加激烈的初中入學考試，讓他心情為之大大解放！

「父親苦盡甘來的日子，終於他把我們接來美國團聚。」大一還認為，父親這種溫馨寧靜的生活，後來隨著中國開放、與美國建交之後，有了改變，「一九七八年，我剛從醫學院畢業，隨他回江西老家探望他年邁的母親，我的老奶奶，和他留在大陸的三個兒女，也就是我同父異母的哥哥姊姊；那時文革剛結束不久，他看到了家鄉的凋敝、窮困，還有家人多年受到難以置信的痛苦折磨，他內心又陷入另一種天人交戰的苦境之中。」

大一回憶著：「他心痛的哭了，他很少流淚的，我相信他那時的感受遠比當年流亡、隻身在台奮鬥以及在美國受到歧視更痛苦。」

或許可以說「知父莫若子」吧，大一深深了解父親的心情，數十年，身在海外，心猶流浪，他無時無刻不思念著家鄉年邁的母親和吃苦受罪的兒女，「長久以來，面臨各種困境，他都能在無望中找到希望，在黑暗中看到光明。」

何大一在《悲欣路》序中寫著：「父親堅韌的生命力與誠樸踏實的精神，在兒子身上，轉化為對夢想追求的堅持，以及對生命的熱愛與關懷。」

大一又寫到：「父親對我們兄弟的努力和成就都十分欣慰，深知我們今天走的這條安穩路，完全是他和母親二人篳路藍縷修築起來的。我們更深深體悟到，他和母親給我們的這份禮物珍貴無比。」

從這些字裡行間，可以看到為人子女的何大一，在醫學成就舉世推崇的光鮮外在的另一面，他的血液裡仍然流淌著中國傳統的孝敬美德。

背景資料

一、

《悲欣路》傳記，可說是國際愛滋病學研究權威何大一博士的家族故事。傳主何步基，何大一的父親，是電腦中文化的先驅，從一九一九到二〇〇九年他的九十年歲月，經歷抗戰、國共內戰，從大陸、台灣到美國，嘗盡顛沛流離之苦與悲歡離合之情，他的一生也是大時代裡「悲欣」之路的縮影。

《悲欣路》中文版由「天下文化」出版。

二、

《悲欣路》中文版，譯述者：汪班，何大一極尊重的中文老師，也是他認為這本書唯一最適合的譯述人。

淡江文理學院外文系畢業、美國西東大學文學碩士，一九六九年先後於哥大、NYU等校教授中國語文與中英翻譯。

二〇〇三年獲紐約市政府頒「對文化有特殊貢獻最傑出公民獎」；二〇〇九年著述崑曲唱詞及劇情英譯《悲歡集》，由中國外文出版社出版。

三・

《悲欣路》係英文原著，作者為瑪麗亞・緹蓓特（Maria Tippett），她是加拿大知名傳記作家，著作等身，曾獲多項文學獎，現為劍橋大學邱吉爾學院資深研究員。

二〇〇七年初，她與八十八高齡的何步基、何大一家人飛到重慶，經遵義、南昌到新餘，一路實地訪問記錄。

二〇〇八年初，他們又飛到台灣，從宜蘭到彰化、台中，順著何步基在台灣的生活過程走訪了一遍。

叢甦——女作家的豪氣人生

2000 年代初在大陸。

作家叢甦以國際筆會婦女作家委員會聯合國代表身分，在二〇一一年三月參加聯合國非政府組織（NGO, Non-Governmental Organization）大會時提出一份報告，是有關世界婦女教育、健康還有家暴方面的，叢甦說：「今年我寫了近三千字英文報告，算是挺長的。」問她為什麼沒提有關華文筆會的內容？她感嘆說：「海外華文作家筆會因無錢財也缺人才，沒有任何通訊或刊物，實在沒有可陳述的內容。」

「國際筆會」（International PEN）創立於一九二一年，目前在世界上九十九個國家裡成立了一百四十一個分會，估計約有一萬五千名會員，總部設倫敦，是NGO裡很重要的國際性作家組織。

叢甦說：「我自一九七八年即為『國際筆會』會員，當時是唯一的華人。」她又補充說：「直到九〇年代初我與已故的學者唐德剛一起，才將『紐文中心』這個文友聚會的組織和『國際筆會』掛鉤，改名為『海外華文作家筆會』（Chinese Writers Abroad Center）。」

她回憶當年寫信給「國際筆會」倫敦總部的情形：「國際筆會要求，申請成會至少要二十名作家，而且要知名的作家，於是我們就找了夏志清、白先勇、唐德剛、劉賓雁、北島等名家；結果在一九九二年巴塞隆納討論我們入會的大會上，我因事缺席，反倒是代表『台北筆會』的余光中挺身仗義執言，大力支持，當年終獲大會投票通過。」

忙完二〇一三年NGO大會，接著有什麼寫作計畫？「我目前忙著整理一些中英文的稿子，估計可以出十本書。」台灣聯經、時報都曾出版過叢甦的作品。「到現在，我還常寫，我在世界新聞網就有部落格，最近才寫了一篇〈天搖地動—日本大地震的一些隨想〉。」

叢甦還說：「台灣文學館計畫收藏我過去的手稿，我一向大而化之，哪會留藏什麼？我簡直拿不出什麼來，陳若曦就很細心，她把開會、演講、往來書信等都做記錄或整理保存。這點我很不行。」

叢甦的作品和陳若曦、白先勇同被歸類為現代文學、留學生文學之列，是六〇年代自台來美的知名作家之一。

她讀台灣大學外文系二年級時，在夏濟安主編的《文學雜誌》初試啼聲，發表第一篇小說《伊莎白拉的蜜月》。後來常在《文學雜誌》、《現代文學》、《自由中國》等期刊發表小說和散文。夏濟安可以說是中國現代文學的重要推手，他在台大外文系培養的人才，有白先勇、王文興、叢甦、歐陽子、陳若曦、葉維廉、劉紹銘等。

一九四九年無異是中國近代史最大分水嶺，

與白先勇（左一）、陳若曦（右二）的合照，為六〇年代末。

台灣五〇年代低迷不安的局勢，使「出國留學」被視為青年人最好的出路。叢甦說，「我們當時就有個流行說法：來來來，來台大；去去去，去美國！因此我從台大畢業就來美國了。」

她先後獲美國華盛頓大學文學碩士和哥倫比亞大學圖書館學碩士學位。她直言：「第一個學位是真正的興趣，第二個學位是為了謀生。」果然，她從哥大畢業，就走進「世界的中心」擔任圖書館主任的工作，那是一種奇遇式的工作經驗。

叢甦似乎也認同那是一種「奇遇」：「當時我還不到三十歲，以一個『外國人』的身分成為洛克菲勒家族圖書館負責主管，剛到辦公室之初，真的遭到許多白眼。我的頂頭 boss 勞倫斯，是洛克菲勒家族開創者老約翰・洛克菲勒的第三個孫子，勞倫斯本身也是一位億萬富翁，還是美國風險投資領域的領導人物。這一家族真是顯赫，老二尼爾森（Nelson）曾經擔任四任

與夏公夫婦合照，為七〇年代在其紐約公寓。

紐約州長以及福特政府的副總統。老五大衛管理 CHASE 銀行，這是老洛克菲勒目前唯一健在的孫子。」

她補充：「我就在這樣富可敵國的企業裡工作，我所在的圖書館面對勞倫斯和尼爾森兩人的辦公室，辦公桌背後是一大片落地窗，可以看到洛克菲勒中心的溜冰場和第五大道。那時候有很多從台灣來的朋友、記者、作家總會藉口到我辦公室看看，真有意思！朱炎，就是對西洋文學很有研究的外文系教授，她曾跟我開玩笑說：世界的中心是紐約、紐約的中心是洛克菲勒中心，而這中心的中心就是妳的圖書館。」

在那二十多年的工作期間裡，一定有不少難忘的經歷吧？

談到這段人生歷程，叢甦心情顯然更愉悅，聲量略高的說：「我曾和一些美國近代歷史名人面對面過，例如：季辛吉、法蘭克辛納屈、女星莎莉麥克琳，他們都是我 boss 的朋友，很多政商、影藝界名人到辦公室來拜訪，他們大多會坐在我對面的候客沙發上，因此自然成為他們閒聊搭訕的對象。」

「有幾年的聖誕夜，老闆招待員工到他們家族豪宅狂歡，那種豪闊場面，讓我驚奇，等曲終人散，回到自己的小公寓，真有灰姑娘過了十二點打回原形的感覺。哈！」叢甦大笑，她爽朗的笑聲，在女作家中出名的豪氣。

歷史倒帶：二十五年前慷慨陳詞　舉座震撼

叢甦的豪氣，還經常出現「不平而鳴」的壯舉，她談到一九八六年國際筆會在德國漢堡開會時自己造成的「轟動」：「代表日本的作家上台發言，居然說日本不像德國有『過去』，暗指納粹屠殺猶太人的歷史，因此復甦得很快。我聽了很激動，接著舉手發言，上台用英語告訴與會的作家們：一九三一年九一八日本開始侵略中國起，繼而在亞洲各國發動戰爭，所到之處，血流成河，一九三七年在南京屠殺三十多萬中國人，而今，他們還竄改教科書，否認這段歷史。」她的嚴正發言，隨即引起大會的震撼！

叢甦當年為中國時報報導文學做評審，其他評委還有沈君山、金耀基、徐佳士與朱西寧四位大老。（叢甦提供）

「這種國際場合，涉及國家名譽或利益的問題，一定要據理力爭！」叢甦還說，當天晚上大會安排活動中，有澳洲、非洲的代表為此向她致敬呢。

叢甦的作品

1. 《淨土沙鷗》（遊記）　時報
2. 《想飛》（小說集）　聯經
3. 《秋霧》（小說集）　晨鐘
4. 《君王與跳蚤》（散文）　洪範
5. 《白色的網》（小說集）　仙人掌
6. 《獸與魔》（小說集）　香港三聯
7. 《生氣吧！中國人》（雜文）　希代

何勇——前工農兵學員今主掌聯合國中文班

「知青」何勇（左）

一九七二年，蘇北宿遷農村，一望無垠的田野裡，大運河橫亙而過，插隊下鄉的知青和臭老九都在幹活，大運河畔上一個年輕小伙子，一邊工作，一邊拿著一本英文字典偷偷的在背單字；他的父親是北大外西語系英文專業畢業的，因此在下放農村的時候，帶了一些英文書籍，而這些圖文並茂的英文書吸引了這年輕小伙子，當時有的知識分子就是因為學了英文被冠上「裡通外國」的罪名而備受迫害，父親因此堅決不讓兒子學英文。小伙子剛高中畢業，學校裡只學了中文和俄文，他發現英文挺有趣的，但又看不懂，於是就靠翻著字典，一字一字，挨個翻譯，看完一本本小故事書。於是，他給自己訂下目標，每天要背記二十個英文單字。

這位在農村大運河畔背英文單字的小伙子，是還不到十八歲的青年何勇。

二〇一〇年十一月十二日，紐約聯合國總部，舉辦一項「中文語言日」活動，包括聯合國副秘書長赤坂清龍、中國常駐聯合國大使李保東、中國駐紐約總領事彭克玉，以及聯合國外交官、聯合國和中文有關的各部門以及中文教學組的老師和學員都參加這項儀式。

儀式中，代表聯合國中文教學組從彭克玉大使手中接受中國國家漢辦捐贈圖書的，是已屆中年的何勇。

再回到一九七五年，文化大革命剛結束，政策改變了，何勇以工農兵學員的身分參加推薦讀高校，他跑到縣城，報名徐州師範學院英語系。英語，那時候沒人讀，應該說沒人敢讀，那是美帝的毒草。

一群農民擠在教室裡，等老師來招生，這位老師也不知該怎麼給他們考試，於是就用最基本的英文會話口試做測驗，「他問的題目都是一些簡單的問題，例如：你叫什麼名字？家裡幾口人？等等，一開始沒一個人答的上，後來我硬著頭皮回答了老師。結果我就被錄取了。」何勇回憶著，他還說：「當時，報考的都是農民，他們從沒學過英文，應該說，他們根本沒接受過教育，文革期間，打倒孔家店，打倒美帝蘇修，工農兵以不讀書算是最前進的表現。」

何勇如願以償，做了徐州師範學院英語系七五級的新生，「當時的高校是三年制，七八年我畢業了，因為成績不錯，就留校當老師，我第一屆教的學生是七八級的新生，一共教了八年。」

這段期間，一九八一年他和徐州師範學院同班同學沈莉莉結了婚，一九八一年他們的女兒降生。一九八六年開始有人申請美國留學，何勇說：「我就隨著一些學生，也試著申請，當時我的工資每月四十元人民幣，相當於五元美金，想申請二十所美國大學，光郵費就用掉一個月的薪水。」

後來接到好幾所大學的回信，都表示願意接受他的申請，但不能給他獎學金，「這對我來說，等於是婉拒，因為以我的經濟能力，如果沒有獎學金，根本不可能來讀書的，直到最後，我收到寄自哥大一位教授的信，他表示願意錄取我，並且給我獎學金之外還有生活費，這簡直是喜從天降！」

他在一九八六年九月抵達紐約進到哥大，開始人生嶄新的生活。

「我申請的是語言研究所，而美國大學裡的語言學大多是隸屬人類學系的，美國研究人類，從研究印第安人開始，首先研究他的語言，因此語言學是屬於人類學範疇，我讀人類學研究所要補修考古學、體質人類學（類似生物學）還涉及一些醫學；根據統計，當時哥大研究所拿博士學位，平均要花九・六年，而人類學要更長時間，因為寫論文前要做田野調查，須在一個小村莊裡住一年，做實地參與性觀察，人類行為一年四季會有不同表現，因此必須觀察春夏秋冬四季以上；等回到校再整理資料，才開始寫論文，所以說人類學博士要花更長時間。」

而何勇以優異的成績，僅以六年時間就獲得博士學位，他於一九九二年獲哥倫比亞大學人類學語言學博士學位。

他的妻子沈莉莉在八七年也申請到哥大留學，他們在大陸出生的女兒於八八年也依親來美，何勇說：「我們當時一家三口分三年來的美國。」後來他們有添了一個小壯丁，現在是四口之家了！二〇〇二年他進入聯合國負責聯合國的中文教學工作，至今八年，他的現在職稱是「中文教學組組長」。

「在聯合國搞好中文教學，可以帶動全球漢語國際傳播」，這是何勇念茲在茲努力的目標，也是他目前的工作職業。

何勇為人謙和、處事低調，他經常站在聚光燈照射不到的暗影處，他把聚光燈下的舞台讓給同事、學生盡情的發揮；他享受的是默然平淡純淨的成就感，「我博士班讀的就是語言學，能夠學而有所用，的確很不容易，做自己喜歡的工作，本身就是一種享受。」「我是全面負責中文課程，包括聘請老師，選擇教材，制定教學大綱，帶學生去中國學習，組織文化活動等。我做此事已近十年了。」何勇補充說明。

聯合國「中文日」活動上，一批正在中文語言班學習的外交官和聯合國工作人員現場朗誦李白的〈清平調〉，個個發音字正腔圓，全場多次熱烈掌聲給予鼓勵和讚賞，一旁指導的老師何勇和汪班，看到學生亮麗的演出，也都笑逐顏開；這項活動中學生學習表演、專題講座等重頭戲，都是由何勇籌畫、執行的，何勇表示：「這是聯合國歷史上第一次舉辦『中文日』，我躬逢其盛，看到中文在聯合國官方語言中更具影響力，更多人重視中文、學習的

何勇在聯合國上課情形。

人也必然增加，這是大趨勢，我們應該準備的更充足，才能因應中文融入國際社會的大潮流。」

從明年開始，聯合國將在每年的四月二十日舉辦「中文語言日」紀念活動。

聯合國有六個官方語言，兩個工作語言。六個官方語言分別為：阿拉伯語、中文、英語、法語、俄語和西班牙語。何勇進一步解釋說：「聯合國很重視員工的語言培訓，同時也提供各種條件和機會鼓勵員工學習聯合國的官方語言。自七〇年代起，聯合國紐約總部就通過其語言部，開設語言課程，供員工和各國駐聯合國代表團的外交人員免費選修六個官方語言。」

選修中文的人多不多？

「目前每學期選修中文課程的學員有二百人次左右。」

這個人數，與其他語文的學員比較，算多嗎？

「就註冊學生的人數而言，英、法、西語是大語組，中、阿、俄語是小語組。而在中、阿、俄三種語言裡，選修中文的學生人數略低於阿拉伯語，稍高於俄語。」

現在一共有幾位中文老師？

「我們現在一共有六位老師。」

學生來源？素質？程度？學中文的目的？

「學生來自聯合國的各個部門和各個駐聯合國外交人員。因為是國際雇員，他們的素質一般是不錯的。他們的中文程度不等，有的剛學，有的學了十多年了。他們學中文的目的也不盡相同。」

中文課都上些什麼？

「中文組開設的課程有兩類：必修課和選修課。必修課是綜合課，共有九個級別，每週課時三小時。選修課有閱讀課、口語課、多媒體學中文課、寫作課等，每課的課時為一至二小時。我們綜合課目前採用的教材是北京語言大學出版的《新實用漢語課本》和《成功之路》。」

除上課，還有哪些活動？

「我們不定期地舉辦一些文化活動，如放中國電影、舉辦講座、訪問中國城、新年晚會等。」何勇詳細說明：在聯合國修語言課的學員都是在職學習，而是利用午餐時間。他們工作都很繁忙，尤其在聯大召開期間（每年九月中旬到十二月中旬）。由於學習中文對母語為印歐語言背景的學員來講比較難，他們需要強大的動力和特別的吸引以保持他們的興趣和信心。為此我們除了在課堂上採取比較活潑的教學法外，還努力創造課堂外的機會讓學員們接觸中文，感受中國文化。我們組織的活動包括中國新年晚會、專題講座、觀看中國電影、參觀與中國有關的景點等。

自二〇〇四年起，在中國國家漢辦的資助和南京大學的支持下，我們在南京大學海外教育學院舉辦了六期暑期聯合國雇員中文強化培訓班。前幾年參加學習者僅限紐約總部的學員，從二〇〇七年開始，分部的學員亦可參加。二〇〇九年有來自紐約、日內瓦、維也納和曼谷的五十名學員參加了南大暑期班的學習。學員們普遍反映這種工作外、強化訓練和在語言環境裡學中文，對他們提高自己的中文水平幫助很大。在南京的三個星期裡，他們也常應外地一些院校和機構的邀請前去參觀訪問，得到更多的機會旅遊名勝、體驗中國文化。今年上海世博會，去國內學習的聯合國工作人員就更多了。」

每次帶隊到中國學習訪問的，都是何勇安排籌備。

未來還有什麼計畫？發展？

「我們沒有什麼特別宏偉的計畫，只是希望能有更多的學員來學中文。在世界漢語熱的大好形勢下，我們中文組的教師責無旁貸的應該多出謀劃策，讓聯合國的中文教學更上一層樓，為漢語國際傳播做出自己努力。」

工作中最有趣的是什麼？最大的壓力是什麼？

他答的很乾脆：「最有趣的是看到我們的學員從一點都不會到能流利地使用中文，並欣賞中國文化。至於壓力，我好像從未有過壓力。」

如鼓滿了風帆，何勇正用全心全力發展中文教學工作，「壓力」於他何有哉？

羅久芳——遺憾未親炙父親羅家倫

羅久芳 2011 年訪紐約。

羅久芳和夫婿張桂生遠從西雅圖來紐約探親訪友，夏志清教授是重要對象之一，他們三人結識於一九五五年，在密西根大學。

那年，夏志清與張桂生都剛得博士學位，在該校當講師，羅久芳是歷史研究所的學生，她是夏教授的旁聽生。

熱情的接待遠到來訪的老友，夏志清親熱的拉著張氏伉儷的手，喜不自勝。他不改老頑童脾性的說：「當時我已經娶了一個美國妻子，因此沒法追久芳，那時密大有三個男老師，其中一個就是張桂生，屬他最有福氣，娶到這麼有才氣又美麗的妻子。」

羅久芳是「五四運動」靈魂人物羅家倫的女兒。

談到羅家倫無法繞過「五四」，「五四運

羅久芳與夫婿在老友夏志清滿牆書架的客廳敘舊暢談。

動」這個名詞是他最早提出來的，而且他還歸納了「五四精神」。

他起草的五四「北京學界全體宣言」中：「中國的土地，可以征服，而不可以斷送」、「中國的人民可以殺戮，而不可以低頭」、「外爭強權，內除國賊」，至今讀來仍是擲地有聲，鏗鏘有力！

談到父親，久芳的語調溫婉依然，只是多了分淡淡的感觸：「那是中國近代史最顯知識分子的光和熱的一頁，掀過這一頁，似有俱往矣、後不見來者之嘆。」

久芳說：「比較起來，我父親那個時代，讀書人有中國傳統士大夫的精神，憂患意識強烈，尤其自十九世紀末、二十世紀初，民族有太多苦難和挑戰，像胡適、傅斯年和我父親他們的作為，是當時社會的反應。」

是否因此更反映出當代知識分子精神失落？久芳坦言：「我長期住在美國，近二、三十年來，台灣和大陸的經濟發展，變化很大，就我個人在報章上的閱讀和幾次旅行訪問中觀察，現在兩岸同胞，對個人得失十分計較、對追逐利益十分熱衷，時代風尚使然，但是有責任感的知識分子，還是應有所擔當，不應該隨波逐流。余英時先生在『自由亞洲電台』的短評，令人有振聾發聵之感，可是，有多少人聽？」

她還說：「台灣有很多可愛的地方，但是電視節目讓人敬謝不敏，尤其政論節目上的名嘴，他們忙著上節目，哪有時間看書？其中也有些教育工作者吧？似乎現在學校多了、學生也多了，教授們忙得沒有時間吸收更多知識了！學術界涉入政治的表現，是叫人失望的，您不覺得，連中央研究院的學術地位也不如以前崇高了？以前中研院的聲望，不至於起起伏伏。」

頓了頓，她又說：「我是不是說得太遠了，說些家常的吧！」

那就談談一段膾炙人口的「古老八卦」吧，傳說：羅家倫雖才華橫溢，但貌不出眾，就讀北大時，苦戀北大校花，校花雖嫌羅家倫相貌，但被其文情並茂的百封情書所感，校花對羅開出三條件：得留洋拿博士、當大學校長、夫妻同行必須保持距離，她才肯下嫁；羅家倫後來果然出洋遊歷歐美著名大學，回國後出任清華、中央大學校長，終如願以償娶得校花。

「這個傳說，越傳越離奇，父親和母親也聽說了，自己都覺得好笑，父親曾說，那時北大還不招女生呢！母親讀書較晚，父親出國時，她還沒上大學呢，後來才考上滬江大學，是第二期的學生，女生很少，母親說，當時全校就四個女學生，哪來的校花？」

女兒羅久芳道出一段較之傳說更堅貞、更浪漫的愛情故事：「一九二〇年，五四運動之後，父親到上海開『全國學生聯合大會』，母親張維楨當時還沒上大學，在一所女子中學教書，她也是運動支持者，曾帶著學生參加遊行，因主編一份周刊，在學生會上與父親有些接觸，就算相識了，雖短短幾天，年輕的北大學生對這位滬上姑娘一往情深，回到北京，就展開情書攻勢了。」

「不久後，父親忙著畢業，剛好美國教育思想大師杜威到北京，他成為追隨者，忙上加忙，原本畢業後找時間到上海會佳人的計畫，因之耽擱，接著獲得獎學金出國留學。他要到上海搭輪船赴美，心想兩人可以見面了；孰料，一到上海，他卻發高燒，臥床難起，居然兩人又是緣鏗一面，但是撐著病體，在船上他還是寫了一封情書。

從此兩地鴻雁往返達六年之久，此期間，母親在一九二二年考進滬江大學，兩人各忙各的學業，直到一九二六年父親回國，那年夏天，他們兩人在上海相處了一個月。也在當年，母親申請到密西根大學的獎學金，隨之她又出國了，一九二七年拿到學位回國後，他們七年之戀才修得正果，有情人終成眷屬。」

久芳對父母親的姻緣，感念的說：「父親和母親的感情，自始至終，其堅貞，可比金玉。」

談談與父母相處的時光裡，最難忘的事情？

久芳沉吟了一會兒說：「其實我和父親生活在一起的時間，是斷斷續續的，記憶中，也就是十年、八年時光。我小時候，正值抗戰，他非常忙！一九三二年，他接中央大學校長，原是南京大學，因國民政府定都南京，為中央所在，因此改名。那時候，學校鬧學潮，他上任第一件大事，就是穩定校園，恢復正常上課，接著七七事變，父親有遠見，先前他曾到四川看過，認為那兒據天險，戰爭砲火難及，因此早就著手遷校，他帶著全校設備、藏書、學生、老師，溯江搬遷到重慶沙坪壩，他同時出掌西南聯大校務工作；在中央大學前後近十年，可算是父親精力花最多的一段工作。」

「到了一九四一年，父親辭離中大，當年秋天，國民政府派他任滇黔黨政考察團團長，一九四二年任西北建設考察團團長，在迪化，現在的烏魯木齊當監察院首任新疆省監察使。當時的交通非常不便利，兩年多的時間，他很難得回四川一趟，由此可以想見，戰亂之中，我父母真是聚少離多。抗戰勝利後，一九四七年五月父親出任中華民國首任駐印度大使，母親帶著我和妹妹留在國內。」

而這又開始了家國離亂的另一篇章，羅家女兒回憶著：「一九四八年底，我初中畢業，媽媽帶著我們到印度和父親團聚，父親把我安排在一所高中繼續學業，沒幾個月，一天接到父親的信，上面寫著『這是最沉痛的一天，南京淪陷了！』一九四九年十二月三十一日，印度承認中共政權，父親忙著撤館，我們也必須離開，母親希望我們繼續學業，於是有一位澳洲大使朋友，替我們辦了護照，母親帶著我和妹妹到了雪梨，安頓妥當，她急著去台灣，我和小妹就成了『小留學生』；我們一家從此遠隔重洋。」

妳有沒有去台灣探親？

她回答：「當時到台灣非常繁難，出入境要向警備總部申請，很難，加上希望早點完成學業。據我所知，父親其實並無意讓我們留在海外。」

「一直到一九五五年大學畢業，申請到母親讀過的密西根大學獎學金。來美之前，我回台過了一個夏天，三個月的時光和父親朝夕相處，看到他的工作情況，看到很多長輩，因此對他的生活有更深的了解，他同時兼黨史會、國史館主任、國策顧問，會議很多又忙著寫作、編書，精神猶健，但看得出，他雖還不到六十歲，身體已顯衰弱。那段時間很難忘。」

久芳很遺憾，父親旺盛之年，她還小，未能看到、感到那種風華和睿智。

「父親後來病了，我多次回台陪伴他，可以感覺到他的心情很抑鬱，很多事無能為力，包括當年『自由中國』的胡適、雷震、殷海光等老友，他雖盡了力，可惜效果有限。」

那是台灣「白色恐怖」當道的時代，連「五四運動」的定位都很「偏激」，國民黨守舊派甚至要把五四健將劃為「左派」！

一九六九年底，羅家倫病逝台北榮總，享年七十二歲，後葬於陽明山公墓，蔣中正頒「學淵績懋」輓詞。「我很難過，總覺得父親過世得太早了！」久芳說得很傷感。

羅家倫逝世後，遺孀張維楨將他生前珍藏的文物字畫捐贈台北故宮，曾是轟動文化界的大事。久芳把思緒稍稍拉近了一些，「一九九六年，父親九十九歲冥誕，在母親的支持下，我們將他生前收藏的三十八件重要書畫捐贈給台北故宮博物院，有些太古舊，幾乎一碰就會碎的卷軸，我和妹妹久華，是以『手提行李』帶上飛機，一路提到台北的。」

這批「國寶」部分是羅家倫費心收集因戰亂流落海外的故宮珍品，包括：唐代周昉〈調嬰圖〉、元趙孟頫〈蘭亭修禊圖〉、吳鎮〈野竹居圖卷〉、明代文徵明〈雲山煙樹圖〉，如今都屬故宮珍藏品。

「這應該算是我父親第二批捐贈了。」久芳回憶著：「因顧念台北故宮的明清古畫收藏甚缺，父親生前，與當時的中央研究院院長王世杰、總統府秘書長張群約定，願將個人收藏的明清字畫捐給故宮，一九七一年，我將母親接來美國和我一起生活，父親的所有遺物也都帶來美國了，在一九七六年，母親幫父親完成遺願，託駐紐約總領事夏功權先生，將八大山人『山水軸』、石溪的『達摩面壁圖』、還有石濤的『自寫種松圖小照卷』、『詩畫合裝卷』，明清大家的珍品送回台北，轉贈故宮博物院。」

「這些可件件都是寶貝，你們怎會捨得？」

「母親一直幫父親收藏、照顧這些字畫，台灣氣候潮濕，保存不易，母親付出很多精神、心力，當然也對它們很有感情，母親一方面要幫父親完成遺願，二方面她認為這些都是國寶，應該捐給博物館，讓更多的人能欣賞到，她的這份心胸和見地，我們做後代的都自嘆不如。」

久芳母親張維楨女士，一九九七年過世，享年九十九歲。

萬方——花果豈飄零？憶曹禺

痛苦，是因當不該清醒的時候仍很清醒。

悲愴，是因被命運放棄的時候仍不放棄。

或許這兩句詞語透著哀感，但用在中國戲劇大師曹禺大半生的際遇及內心歷程，應該是妥切的。

二〇一〇年九月二十四日是著名劇作家曹禺誕辰一百週年紀念日。北京人藝重排演出曹禺的「四大劇」——《雷雨》、《日出》、《北京人》和《原野》，作為紀念。在北京、天津、湖北、上海，分別以不同形式的演出、展覽來紀念他。

紐約華美協進社「人文學會」則於同年十一月十三日邀請萬方來演講，紀念她的父親曹禺。華美協進社成立於一九二六年，設在紐約曼哈頓上東城一幢典雅的紅磚樓裡，社內還建有一座頗富詩情畫意的中式庭園。這棟樓是由當年時代集團（Time Inc.）總裁亨利・魯斯（Henry R. Luce）一九四六年捐贈的。當年引薦京劇大師梅蘭芳首次來美國演出的，便是華美協進社。

萬方要來紐約，因而勾起當年拜訪曹禺先生的記憶，一九八八年夏，筆者在北京拜訪曹禺和夫人李玉茹，世事滄桑，二十多個春秋變遷，對當時訪談很多內容已然淡忘，唯一常縈腦際的記憶，居然是：戴著眼鏡，溫文儒雅、略嫌清瘦的老者，將雙手筆直的伸在背後兩側，做小童飛飛機狀，他告訴大洋彼端來訪的客人：文革的時候，紅衛兵他們，就這樣罰我站在高高的桌子上，要我「坐噴射機」！

巴金讀《雷雨》流淚

一九三三年，曹禺還是清華大學的學生，他寫出了至今仍活耀在舞台上的《雷雨》，時年二十三歲，巴金在〈懷念曹禺〉的文章裡，這樣寫著：「在南屋客廳旁那間用藍紙糊壁的陰暗小屋裡，我一口氣讀完了數百頁的原稿。一幕人生的大悲劇在我面前展開，我被深深地震動了！就像從前看托爾斯泰的小說《復活》一樣，劇本抓住了我的靈魂，我為它落了淚。我曾這樣描述過我當時的心情：不錯，我流過淚，但是落淚之後我感到一陣舒暢，而且我還感到一種渴望，一種力量在身內產生了，我想做一件事情，一件幫助人的事情，我想找個機會不自私地獻出我的精力。《雷雨》是這樣地感動過我。」

本名萬家寶的青年作家，一夜成名。等到一九三六年，他的新作《日出》發表時，由蕭乾主持，天津大公報副刊邀請了當時文壇上幾乎所有大家，包括茅盾、巴金、葉聖陶、沈從文、靳以、李廣田、朱光潛等進行了兩次集體討論，盛況空前。

同年，應南京國立戲劇專科學校校長余上沅的邀請，曹禺受聘為教授，後擔任教務主任。大批學生慕其名而報考該校，此時曹禺二十六歲。

由於先生一生豐富多采，其厚重感非筆者當年能夠承受，因此那次訪問，未留下片語隻字。

筆者日前與北京的萬方通了電話，做了長時間的交談，在曹禺百年冥誕之際，遙念中國的莎士比亞，一位曾經發光、發熱的偉大作家，他的一生如此璀璨，卻又讓人覺得如此漆黑！

與萬方，我們談到了曹禺的痛苦和悲哀。

每天用嘴活著

萬方聽筆者提到曹禺說「坐噴射機」的往事，很感慨，她未加思索的說：「文化大革命把他徹底打碎了！」

萬方曾經說過、也寫了文章：上世紀九〇年代初，曹禺每天忙於各種社會事務的應酬。有天夜裡她突然聽到睡在隔壁的父親大聲喊她：「小方子，我想從窗子裡跳下去！我這樣活著有什麼意義？每天用嘴活著！」過了一會兒，他又說：「我痛苦，我要寫一個大東西才死，不然我不幹！」

每天用嘴活著，指的是什麼？

萬方：「那時候，粉碎四人幫以後，我爸爸的社會活動很多、頭銜也越來越多，他的時間被各種應酬活動占滿了，都是要他開會、題字、迎外賓、看戲、講評之類的，可不都用嘴活著嗎？」「我有次挺同情的說：爸，真夠忙的！他回我：『一天到晚瞎敷衍，說點這個說點那個，就是渾蛋唄！』」

對於父親的無奈和痛苦，從女兒的內心感受，您認為他痛苦的根源是什麼？

「造成他無奈和痛苦的原因很複雜，由來已久，他天生是個藝術家、劇作家，他是以戲劇的眼光、方式感受生活的人，當這條路被堵死了，他就不知道怎麼活啦！

剛建國的時候，他全心全意為新中國歡呼，但是後來一次次運動，對他的創造力都是一次次的扭曲，他在建國後接的第一個任務是寫『知識分子的改造』為主題的劇本，他就寫了《明朗的天》，他特別到協和醫院體驗，和醫生們接觸，他真的不了解知識分子錯在哪裡？為什麼要改造？他自己就是知識分子呀，難道自己以前的一切都要否定，需要改造？

在文革期間，我爸爸被打倒、被揪鬥，我家住的院子大門上寫著『打倒反動權威、反革命文人曹禺』，爸爸被關在牛棚，早上要掃大街，小孩子看到就用石頭砸他們，他曾說：『我羨慕街道上隨意路過的人，一字不識的人、沒有一點文化的人，他們真幸福。』

那是多長的日子呀？哪還談得上寫作？

他的根已經死了，長期枯萎、乾涸，日後再怎麼澆水，也長不出芽來了，身心枯槁，他再找不著當年那種酣暢淋漓、自然浪漫的寫作感覺了，再也寫不動了，他經常自我反省，幾乎拋棄自己，因為寫不出東西，他真的很痛苦！」萬方的語音也被父親的痛苦感染了。

《雷雨》裡，給人的壓抑，來自一種竭力掙扎，卻徒勞無功的絕望；《原野》中，黑暗迷茫的森林，通向無名遠方的鐵軌，象徵不得救贖的痛苦和無邊無垠的悲愴；這些曹禺筆下描述的空虛、醜惡、恐懼、荒謬與扭曲，居然，造化弄人的一一顯現在他真實的生命裡。

「寫的少」為晚年最大痛苦

「我親眼看到爸爸的晚年被一種痛苦持續不斷地困擾，他想重新獲得寫《雷雨》時候的力量，但是他已經被異化了，他已經不是他，已經回不到原來那個曹禺了。」萬方說的，應該是曹禺痛苦的核心了。

曹禺說他心裏覺得最對不起的還是他的讀者，他的觀眾，他覺得自己寫的太少了，「寫的少」成為晚年困擾他的最大痛苦。就是在這種逐漸明白的痛苦中，他帶著「來不及挽回的痛悔」走過人生的最後階段的。

痛苦中，為自己「寫的少」「再也寫不動了」而輾轉難眠的作家啊，他內心深處藏著的是怨？是苦？還是悲？

巴金在懷念文中寫下這段：「他是一位真正的藝術家！我當時就想寫封信給他，希望他把心靈中的寶貝都掏出來，可這封信一拖就是很多年，直到一九七八年，我才把我心裡想說的話告訴他。但這時他已經滿身創傷，我也傷痕遍體了。」這足以旁證曹禺當時的心理狀況是空虛的，對前途感到茫然，生活甚至於生命都充滿幻滅和無力。

「爸爸並非渾渾噩噩的無力，他是覺悟後，不知道該怎麼辦，因此萬分痛苦。」曹禺口中的小方子，為他的痛苦加上註解。

「他在本質上，是非常感性的，他心中湧動的東西，一直認為是好東西、大東西，就是巴金說的那個寶貝，可惜力量沒有了！

他的性格是悲觀型，生活中遇事，總先想到不好的情況，在他晚年，有回我感冒了，躺在床上，他看著我說：『小方子，你要是走在我前面，可怎麼了啊？』你看，他都會生出這種想法來；我出門回來晚了，他在家裡會把所有恐怖的事情都想過。

他很敏感，可以說是多愁善感，這與他幼年失去母親有很大關係，他會說他生命中失去了一種珍貴的東西，在劇作中，女性都是可憐的，生活中他也常說，女人真可憐！」

曹禺（立者）和人藝演員討論劇本。

愈深刻的靈魂，愈能體會人生的悲劇性，也因此更尊敬生命，曹禺四部名劇，都充滿對人性的悲憫。

發現失去了生命價值

萬方本身也是作家，從八〇年代開始寫小說，同時創作舞台劇、電影及電視劇本，她特別能體會父親文采的萬丈光芒，是多麼的特殊與難得：「他是天才！二十三、二十六歲之間就創作出如此具有藝術價值的作品，我覺得他的生命價值就在劇本創作。」

然而他生命中最可悲的悲劇，正是由於他發現失去了生命價值！

有人提出「曹禺現象」，專指作家寫作迅速崛起與迅速衰退的現象，也就是說，曹禺的創作一開始就幾乎達到了頂峰，後來的創作則無法突破自己曾經創下的輝煌。

對這個說法，萬方以另個角度來闡釋：「如果他一直在同一環境中出現這個情況，或許可以這樣分析，但當生活發生劇變，這就沒法說了，天才不會枯竭，我不覺得他是這樣，我認為他是被『攔腰一截』！」

她還補充：「這不是單單他一個人才有的情形，是一代人！雖說這是老生常談，但確是事實。沈從文、錢鍾書都不再寫東西了！」

的確，還有巴金、老舍等這種大師的作品都顯著改變和銳減。可是他們患了「集體失語症」？

「失語症」是心理學上的名詞，指的是一個人突然失去語言能力了，患者原本是具有語言表達能力的，因為遭遇意外的變故而無法再像以前一樣流暢用語言溝通。當人格尊嚴與價值標準在階級鬥爭的社會語境中被扭曲、異化，當他們找不到自由自在的靈魂，一代的文學大師們「集體失語」了，因此不幸的造成一代創作斷層，豈非一代文學的損失？

曹禺劇本後來在無產階級鬥爭的社會氛圍下，他的原創是否有相當成分的被做了不同的解讀？這對他而言是不是另種扭曲？

萬方嘆了口氣，靜了會兒說：「那會兒，要他改劇本，要改的符合社會階級鬥爭，他講戲的時候都結巴了，講不通啊！排《北京人》，以前講戲可是講得頭頭是道，深入淺出、有條有理；改了劇本以後，人藝的演員都不知道該怎麼演了。

還有《原野》，硬被加上反地主、反惡霸的鬥爭成分，使得原有的人性、時代性都變味兒了，毫無魅力可言；今年人藝第一次搬上舞台，把一些意識形態擺脫了，顯現出純粹的戲劇之美，那麼純粹，戲劇的魅力完全展現，不但令人感動，而且更具現實感。

爸爸筆下的人物，有血有淚、紮紮實實，他們走過的路，必是符合生命歷程的，這是他最了不起的地方，也是這些劇本的價值！

如果改變了這些人物背景、歷程，他的創作精神就等於被扭曲了、作者的本質就被異化了，那整個劇本就失去原有價值了！」

針對《北京人》，左翼作家胡風的批評是：「應有的民族鬥爭和社會鬥爭的政治浪潮，在這裡沒有起一點影響。」還有人認為《北京人》是曹禺在給封建道德和封建情感唱輓歌。

至於《雷雨》，他更很早就有了定位：「我寫的是一首詩，一首敘事詩……絕非一個社會問題劇。」他希望觀眾把它「當一個故事看」。

一九五四年在寫《明朗的天》時，曹禺內心的矛盾和筆下的艱澀，從他晚年的自述中可以很清楚的看到：「儘管當時我很吃力，但仍然是很想去適應社會主義、現實主義創作方法，是硬著頭皮去寫的，現在看來，是相當被動的……」

《明朗的天》和後來的《膽劍篇》、《王昭君》，三部全是為宣傳而寫的戲，成為曹禺建國後僅有的話劇作品，然而它們都沒有超過《雷雨》、《日出》的高度。

萬方在她〈靈魂的石頭〉文章中有一段回憶，可為曹禺對所謂「意識形態」的虛無感做註腳：「曾經有那麼一天，我爸爸看出我不快活，對我說：小方子，別那麼不快活。我說：沒什麼快活呀！

他想了想，說：是沒什麼快活事兒，我給你讀兩句詩，你就懂了。他找來弘一法師的書，翻到其中一頁，念給我聽：『水月不真，惟有虛影，人亦如是，終莫之領。』他解釋道：就是不能懂這個道理。『為之驅驅』，驅驅就是忙呀，忙了一輩子『背此真淨』，真淨，這麼乾淨的一個世界，你違背了，『若能悟之，超然獨醒。』

他放下書，靜了一會兒，『這是另外一個世界，和馬克思的世界不一樣，和資本主義世界也不一樣，你覺得如何？』他望著我，穿過我，望著他自己的內心。」

有人說他「膽小」、「太聽話了」

當年曹禺的一些朋友，包括周恩來，多多少少對他的個性方面有些批評，這些個性上的弱點，是形成他悲劇生命的某些因素？

萬方很客觀的面對這個問題：「他是個典型的性情中人，他真誠的心像地下的泉水，所有的喜怒哀樂只要一點點的壓力，就止不住往外冒出來；雖然他的性格是軟弱的，有人說他『膽小』、『太聽話了』、周恩來就說我爸『淨說好聽的』。但我覺得他委屈，不能以本來面貌生活，天性被扭曲了，好可憐！他把精力、時間全用在怎麼生存下去，他的生存不是要餓死了的問題，而是要應付太多外在的壓力，就是那些『運動』、『鬥爭』呀，還有後來的『送往迎來』、『講評開會』的應酬。」

曹禺自己有一段記載，當小女兒萬歡告訴他「粉碎四人幫」的消息，他不敢相信這是真的：

「我不信，不敢信。怕，怕不是真的，還怕很多。我跑到大街上，那會兒已經是夜裡了，我走呀走呀，……我忽然感到難以支持，靠在一棵樹上。我覺得自己的心臟的承受力已經到了極限。老天爺啊！沒有經歷過的人不可能明白，那種深重的絕望把人箍得有多麼緊！我想我是從大地獄裡逃出來啦！」

萬方談到母親方瑞和父親共同走過人生最苦、最後的一段日子，「我母親沒有熬過文革，一九七四年過世了，記憶中，父親當時等於是個病人，從牛棚放回來，他不願看到外面的事，他就吃安眠藥過日子，吃藥可以讓腦子糊塗，他和媽媽隔著一張小桌，兩人對坐發呆。

大家都知道的，他和許多知識分子一樣，隨時隨地被拉出去，指著鼻子羞辱、恐嚇、咒罵，沒有半點做人的尊嚴；還有寫不完的檢查交代，交不盡的外調材料等等。在這種殘酷的精神折磨下，他實在沒勇氣活下去了，一天，他對我媽說：『求求你，幫我弄死吧！』我媽就說：『你幫我！你幫我，先幫我弄死！』」

父親晚年，想起我媽就難過，媽媽學畫，畫得很好，他找出媽媽生前畫的畫，在上面題詩、題字，寫上對她的思念。

曹禺有過三段婚姻，問萬方，對父親的感情和婚姻，怎麼看？

萬方說：「父親是一個有福的人。他結了三次婚，他的夫人都對他很好，因為他是一個非常真誠的人。在感情方面他很真的，第一段婚姻，第一個妻子是在大學的初戀，後來因為性格不合而分手；後來他遇到我母親，我母親本名叫鄧譯生，後來父親幫她把名字改成了方瑞。她是一個醫生的女兒，從小身體不好，上學讀書，畫國畫。吳祖光說過，我母親是大家閨秀，氣質優雅。

父親說《北京人》中的愫方，就有母親的影子。

他的第三任夫人是李玉茹，她是著名京劇表演藝術家，他們認識很長時間，八〇年代初，父親到上海改《王昭君》時，才正式交往，對父親而言，這段黃昏之戀很幸福，他倆相知很深，李玉茹對我父親很好。」

李玉茹於二〇〇八年七月病逝，享年八十四歲，一位是京劇藝術家、一個是舞台劇大師，兩人劫後相逢，繼而相扶相持度過滿身病痛的晚年，為當代中國戲劇界留下一段溫馨的佳話。

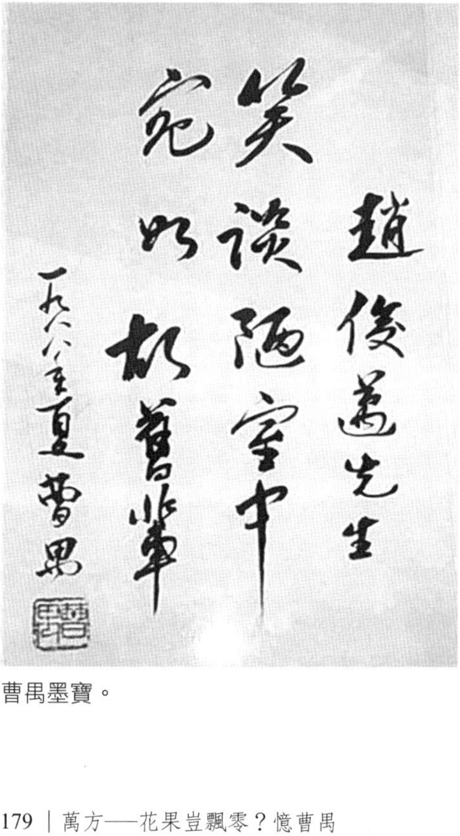

曹禺墨寶。

舞台大幕不會落下

跨過世紀長河，回顧曹禺走過的生命，雖然與眾生一般有喜有悲，但由於他如此才華橫溢，在他對命運永不放棄的對抗中，讓世人看到一個如同他筆下頑強和落寞交織成的悲劇英雄，讓人為他擊掌讚美同時又為之哀嘆唏嘘；生命已經謝幕，但舞台上的大幕不會落下，燈火依然輝煌，無論繁漪、陳白露、金子亦或愫方，還是那麼儀態萬千、光彩照人的活在舞台上，也活在觀眾的心裡。

雖然我們相隔已遠。

附記：

之一　萬方寫作小記

萬方從八〇年代開始創作小說，同時創作舞台劇、電影及電視劇本。主要小說作品有：長篇小說《明明白白》、《香氣迷人》等，中篇小說《和天使一起飛翔》《沒有子彈》《你是蘋果我是梨》。《和天使一起飛翔》、《空鏡子》獲十月雜誌社大來獎，老舍文學獎提名獎。

主要電影作品有：電影《日出》，改編自其父的話劇，獲一九八六年中國電影金雞獎最佳編劇獎。電影《黑眼睛》。

主要電視作品有：《牛玉琴的樹》，電視連續劇《空鏡子》獲二〇〇二年中國優秀電視劇金鷹獎、飛天獎。還有《走過幸福》、《日出》、《空房子》等。

舞台劇主要作品有：歌劇《原野》，改編自其父的話劇。

之二　曹禺的六個女兒

曹禺和鄭秀的第一次婚姻，生了兩個女兒，姊姊萬黛在國內讀大學，選讀醫學，後在美國的大學實驗室工作，現已退休；妹妹萬昭畢業於天津音樂學院，開始主修鋼琴，又改學音樂理論。

第二次與方瑞的婚姻中，女兒萬方沿襲了曹禺的戲劇之路，成為著名編劇；萬歡在中國考入醫學院學習自然科學，後赴美，就職於聯合國兒童基金會做公共衛生項目；近二十年來她在東南亞，中國及美國從事預防兒童傷害、婦幼保健及預防艾滋病工作，現住曼谷。

曹禺六十九歲與李玉茹結合，李玉茹的兩個女兒李莉和李如茹也成為曹禺的繼女。李莉為上海電視台導演，曾指導過「楊乃武與小白菜」、「上海一家人」等，後來考上中央戲劇學院導演系，成為一名導演。

蘇煒——從天安門到耶魯

蘇煒參加座談。

二〇一三年二月二十六日卡內基音樂廳推出耶魯版「歲月甘泉」演唱會，這是紀念中國知青下鄉四十年的重要活動的延續；「歲月甘泉」作詞者、耶魯大學東亞語言文學系高級講師蘇煒與耶魯大學管樂隊聯手，將這部組曲在紐約呈現，蘇煒回憶實況說：「演出時台上一片淚光、台下一片淚光！」接著深沉的又說：「十年上山下鄉運動是我們那一代知識青年人生中永遠不會忘記的歲月！」

「歲月甘泉」二〇〇九年底在北京國家大劇院上演，引起廣泛關注。二〇一一年二月十一日在耶魯大學演出時也造成轟動。

「一曲回唱四十年，一曲唱盡四十年。這是我們寫作知青組歌的初衷和期許。但是，我分明又知道，一曲怎麼可能『唱盡』四十年？」蘇煒如何把今天的「回唱」，既能從今天的角度出發，又能重現當年的感受和氣氛，同時還能獲得四十年後的知青農友們的感動和共鳴？這就是他顯現寫作功力的時候了。

先來「讀一讀」蘇煒為「歲月甘泉」寫的歌詞一小片段：

「一封家書——夜校歸來」：

—月明星稀，月明星稀，啊，月明星稀……

—群山靜謐，群山靜謐，啊，靜謐……

—輕輕地，掩上夜校的小門，默默點亮茅草房的油燈。

——遠方的媽媽啊，女兒想你，三言兩語，道不盡萬千思緒。
——我想眺望星空啊，思緒被雲霧遮擋；我要飛翔啊，找不到翅膀。
——早起的寒露，西下的夕陽，和著我的汗水，帶走我的悲傷。
——啊……
——山蒼蒼，夜茫茫，人生的路，走向何方？

談起「作詞」這段經驗，蘇煒笑道：「我是『四不像』，因為『不像』，就成了其中的邊緣人。」

蘇煒從一個海南島種橡膠的知青，到出國留洋成為早期的海歸，又涉進六四天安門運動、成為逃亡海外異議人士，再投身世界一流學府擔任教職、卻仍以寫作為終身職志；這其中的轉換，跨度不但巨大，過程也相當傳奇！

但他卻說自己是「四不像」：「一不像，我曾被視為民運人士，八九年在天安門廣場上和學生們住過帳篷，又被陳希同點名，列為『十二教授上天安門』之一，我是其中最沒名氣的，當時心境非常尷尬，一方面被官方當成黑手，卻被學生當成政府打手；我們那天去廣場，的確想試著勸學生撤離，因為戈爾巴喬夫（戈巴契夫）來訪，怕會鬧出流血情況。」

蘇煒的口才是出名的好，他口若懸河、娓娓道來：「雖然我是天安門逃出來的，但對政治一點興趣也沒有，當時民運界討論、搞組織的會議上，我直打瞌睡，儘管接受過香港『九〇年代』訪問，很受重視，但我知道不是搞政治的，因此就自我邊緣化了。」

二不像是指什麼？他說：「是作家，我喜歡寫文章，此生最大的興趣，也是精力投入最多的工作，但當我回到大陸，看到那些被政府養的腦滿腸肥的大作家們時，我不再敢稱自己是『作家』，現今作家在中國，已是名利中人，我自認在中國文學圈沒有光環，是邊緣人。」

三不像，指的是教書：「大學也是江湖，身處其中，但求安穩平淡。」蘇煒絃外之音，似乎說明他在激烈爭逐的江湖之中，是靜僻一隅的邊緣人。

「跨足作詞和寫劇本，都是客串性質，這就是道地的『四不像』啦。」

蘇煒說完四個不像，特別強調：「我熱愛教書，學生都很棒，我很有成就感，而我人生重點還是寫作，我喜歡是文學教授、教授作家。」

知青時代青澀模樣，前一為蘇煒。

寫作，是蘇煒此生命定的重要功課，因寫作改變他的命運。

他十五歲那年，小學畢業就被下放到海南島，參加農墾兵團，任務是種植橡膠，一待就是十年，這期間，他除了自學，還迷上了寫作，作品經常在廣州的報章上刊出，到了二十五歲，文革結束，可以考大學了，他興沖沖的參加中山大學高考，志願是中文系，成績公布了，「我的數學好像只得了三分還是零分，反正是沒到錄取線。」於是，他又一個人落寞的回到海南島。

「當時，農墾隊的同伴，回城的回城了，上大學的也走了，就我一人還留在隊裡，真是前途茫茫；大學開學三個月了，一天，隊裡突然來了兩個中山大學的教授，是來給我面試的。」他們是在廣東作家圈裡，聽到蘇煒的名字、聽到他寫的知青文藝作品引起的影響，因此專程來「拾珠」的。

就這樣，蘇煒成為中山大學當時極少數的「破格錄取生」。

「在同時，北京電影學院有個破格錄取生，他叫張藝謀。」蘇煒幽默的補充說明當時高考錄取學生的特殊情況。

蘇煒進入中山大學中文系就讀，期間不但課業好，他還把課外活動搞得風風火火，包括主編全國聯合校刊等。

一九八二年他完成第一部長篇小說，在評價極高的《花城》文學刊物連載，對年輕作家而言，當時可以算是有小局面了，朋友和文壇也對他抱以期望。而那年，傅高義（Ezra Vogle）和林培瑞（Perry Link）兩位美國知名教授來到廣州，因緣際會，兩人共同推薦蘇煒到美國深造。

在同年，他做了第一批「洋插隊」，「我要先把自己打碎，再重新捏起來。這是我出國的動力。」就這樣他來到美國，先在 UCLA 讀了碩士，後來到哈佛大學費正清東亞研究中心做兩年研究助理。

「一九八六年，我做了最早的海歸，回中國在北京社科院文學研究所工作，那是中國改革開放最熱鬧的時候，我不願錯過這個機會，應當盡一知識分子的責任。」蘇煒說他在八七年升了副處級的職位，「那年三十四歲，還列入中央組織部的培養名單，在體制內是很受寵的。」可是，八九年天安門事件後，蘇煒不但沒進到體制內，卻流亡到美國。

「六四是我人生另一個重大轉折點，剛回美國，覺得自己從天安門全身而退，有很深的罪責感；也因此，我重新給自己定位，我認為自己是體制外的獨立知識分子。」他給自己找到了位置。

一直到九二年，回國奔母喪，他沒受到阻撓，從此順利出入中國，「我回到國內，可以很暢快的用母語說出真心話，我寫的文章對道德良心也在做呼喚，我認為自己起到對中國社會進步添石加瓦的作用。」

「這些年，我教書、寫作，對人生看得更清楚，我重述一個觀點：做為歷史運動的自覺把握，其基礎和動力，不是別的，是人性的責任和道德承擔！」蘇煒為自己的人生角色做深度註解！

蘇煒（左一）在耶魯會見國際學者。

許傑——談珍惜美國博物館的中華文物

許傑攝於辦公室。

在亙古的歷史長河中的天地造化，往往只留下吉光片羽，那就是博物館蒐集典藏的藝術文物了；萬代風月，就寫在這些文物的臉龐之上，呈現的正是祖輩光彩奪目的生命痕跡。

當欣賞歷史文物的當下，你必然置身萬古長空的思古幽情之中，也同時融入千年風月的絢爛光華。佛偈說「一花一世界」，在藝術博物館則有「一文物一史頁」的壯闊豪興。

許傑，擔任芝加哥藝術博物館亞洲藝術、古典藝術部的首席主任 (Pritzker Chairman)，被譽為美國藝術博物館界新升起的華裔之星，他認為，文物本身具有其歷史性、時代性，文物研究與展呈都需與時俱進，以歷史學來說「歷史永遠是為現代服務的」，每個時代對歷史的關照有不同的角度，文物亦然，它要與當代文化相聯繫，如此，歷史文物才是鮮活的。

中華文化在西方

近幾年，美國社會普遍對中國產生興趣，尤其中華文化對主流社會極具吸引力，在許傑研究領域中，他看到中華文化在西方得到欣賞，可追溯秦漢時代，當時中國的絲綢藝術遠揚到了羅馬，而美國和其他西方博物館則是到了十九世紀末才開始蒐藏中國文物及藝術品，當時在東岸的波士頓、紐約還有些私人收藏中國珍貴的瓷器。許傑指出，早期美國民眾對中國藝術、文物，只是在視覺欣賞和功用性認知的層次，對文化內涵認識不深。

直到二戰之後，哈佛、耶魯、普林斯頓、波士頓各大學開始設立東方藝術史的課程學系，培養專業人才較多，也開啟對中國等東方文物藝術深度欣賞與認識，最具體的，就反映在博物館的專題展覽及其圖錄。

至於近十年的變化，許傑因置身其中，親歷其演進過程，因此感受特別深；他認為，中國大陸開放三十年，一方面有大批留學生學成回去、或在美國就業，促進了兩地的交流，另一方面，美國民眾到大陸旅遊蔚為風氣，加強了他們對中國文化的了解與認識。因此，這幾年有更豐富、更精彩的中華文物來美展覽。

許傑回憶二〇〇一年他擔任西雅圖藝術博物館中國藝術主任時，歷經兩年艱辛策劃與安排，將古巴蜀三星堆文物引進美國，分別在西雅圖、德州金貝爾(Kimbell)、紐約大都會等知名博物館展出，這項以「千古遺珍」為名的展覽，許傑選了一百七十五件精品中的精品，包括：青銅、玉器、陶器。為了配合這次展出，許傑與館內設計了高科技模擬的三星堆祭祀坑、語音導讀、多媒體電腦網站，還邀集來自巴黎、紐約、加州、北京、成都的專家學者做連續兩天的學術研討。

文化交流「融冰」作用

「千古遺珍」在美的展出，許傑感到欣慰，並不只是展覽成功的原因，更多的是籌畫過程，如展品研究、挑選、運輸、安全、展場等等，許傑說：「當時可以說廢寢忘食，因美中有十二小時的時差，我必須日夜顛倒的作息去配合大陸工作時間，將近有兩年是如此。」能將中國這麼寶貴、重要的歷史文物展現在美國民眾眼前，更讓他感到自豪。

許傑透露：「當這大批寶貝剛運抵西雅圖，沒多久就發生了美中軍機擦撞事件，導致兩國關係降至冰點，而此項文物在美國的展出成功，證明了文化交流的另一層面的重要性，它在民間可說是產生一種『融冰』作用，因此國與國、民族與民族、社會與社會之間，文化藝術交流是不可忽視的。」

博物館是典藏和展示文物的舞台，是連接歷史、現代與未來的文明紐帶，也是展現城市文化水平的窗口，因此有人說「有什麼樣的市民，就有什麼樣的博物館」，許傑現身說法：「以我們現在生活的城市而言，我深深感覺美國民眾對藝術文化很崇敬，藝術是一個社會物質文化、精神文化最精粹的代表；即使他們對一種文化藝術不是很認識，但有極高的崇敬，他們會帶著孩子到博物館來欣賞，這是對人文素質的潛移默化，西方家庭已養成參觀博物館的生活習慣，這是值得我們華裔學習的。」

中華文物在美國各大博物館，具有崇高的地位，其藏品也多堪稱是鎮館之寶。許傑舉例：諸如，東岸的紐約大都會博物館、波士頓博物館、費城藝術博物館、華盛頓佛利爾—賽格勒美術館；美中的芝加哥藝術博物館、克利夫蘭藝術博物館、堪薩斯的納爾遜藝術博物館；西岸的舊金山亞洲藝術博物館、洛杉磯郡博物館、西雅圖亞洲藝術博物館，都典藏各類中華文物珍品，包括：青銅器、陶瓷、玉器、書畫墨寶等。他一再強調，身為海外華裔應該為這些中華文化藝術的精粹感到與有榮焉，因為這彰顯了我們民族具有優秀的傳統文化。

文化遭受全球化衝擊

一個民族若沒有文物就沒有文化的基礎，其文化歷史就失去物質載體，今天傳統文化遭受全球化衝擊，如何彰顯和推廣民族文化，已是另一全球的共同課題。

許傑很清楚此一課題的嚴肅與迫切：「文物和藝術，是每一個注重文化傳承的民族最重視而且引以為傲的，那是歷史文化的沉澱、結晶，它具有對自己民族歷史的記載功能和承傳作用；遺憾的是，現在雖然很多人明白中華文化悠久深厚的底蘊，但是有更多當代文化和藝術一窩蜂的走向西方路線，以至落入中國多模仿、抄襲西方文明的批評之中；這是受到全球化潮流的影響，思維方式趨於共同，也正因如此，各國、各民族文化的獨特性益形顯得重要；我認為，在目前全球趨同的情勢下，對中國本土文化的開掘，開拓自己的傳統文化藝術精華，才能表現我們多彩而豐富的特色。」

嘗聞：「不尊重自己歷史文化的民族，是沒有尊嚴的民族」，許傑目前的工作，是為芝加哥博物館收集、規畫有關中國、日本、韓國、印度、東南亞及中東的文物藝術品及展覽，他表示，對每一個國家地區的歷史、文化，他都以朝聖的心情給予最高的尊重，那是對人類歷史的尊重。

許傑目前正自籌畫一項以中國南方和西南地區古代文化為主的特展，預計於二〇一〇年在北美巡展，這將是繼「千古遺珍」三星堆精品文物展之後，又一巨型中華文物交流。此外，他表示三月初將至紐約作一場演講，主題是「美國博物館裡的鎮館中國藝術品」，目的是鼓勵華人多多親近身邊價值連城的博物館藏品，好好欣賞中國的歷史珍寶。

對中華文物要有擁有感

「新移民如何在此地扎根，客觀的需要，經濟問題是當務之急，在生活穩定之後，咱們華人萬不可忽視文化上的追求！族群、社區的文化層次，是別人對你的評判標準。」許傑呼籲：「華人對美國博物館裡珍藏的中華文物，要有榮譽感和擁有感。咱們民族文化與世界各國最卓越的歷史文物並駕齊驅，我們應當感到自豪；在美國出生的下一代，當然要融入主流，同時更要突出自己民族文化的特色，珍惜自己淵遠流長的文化，這也是他們在主流社會中足以表現的優越性。」

華人踴躍參觀博物館，不但是對博物館的支持，也是對社會資財的支持，進而在能力範圍內的捐款，美國大多數博物館的經費來源，來自社會、社區，通過基金會、私人、團體的捐款，由於屬非營利機構，捐款者尚可抵稅，捐款博物館亦是回饋社會、服務公眾的精神表現，許傑建議可以透過專款專用途徑，推廣中國文物、中華文化教育等等，如此還可以大層次的促進自己種族、社區的地位提高，他認為猶太社區的作為很值得華人借鑑。

許傑，一九八三年畢業於上海大學中文系，一九九〇年來美，進入普林斯頓攻讀藝術考古系博士，專業是中國古代藝術史；許傑不諱言的說：「來美國讀文科比讀理工科要累多了，因為有許許多多文化和歷史專有名詞，更痛苦的是那些藝術史的許多俗語、俚語，儘管我在上海博物館做過文博工作，也擔任過翻譯，可到了普大真正進入學術研究，才知道這門專業語言能力需求太高，有許多課要補。」

就像大多數留學生一樣，總是要加許多倍的努力，吃更多的苦，終究完成學業。一九九六年許傑應聘出任西雅圖藝術博物館暨西雅圖亞洲藝博館亞洲藝術部主任、中國藝術研究員，當時的館長是全球首富比爾•蓋茲的繼母倪密•蓋茲（Mimi Gates）博士；二〇〇三年他轉赴芝加哥藝術博物館工作至今。對一個新移民華裔而言，他的就業過程似乎比大多數留學生幸運。

許傑說，平心而論，美國社會還是很公平的，雖然有種族歧視問題，但它也是種族大熔爐，與西歐國家比較，社會平等、機會均等的情況應是很好的，我只是很微小的一個工作者，但可以體認美國公平競爭的機制，入主流社會的確不容易，會有困難，天底下沒有一蹴而就的，不要畏懼，只要肯用功、肯努力，機會總是有的。

許傑的家庭結構很簡單，三口之家，讀小學四年級的女兒是名副其實的掌上明珠，全家有許多共同愛好，其中以旅行為最，他認為旅行不論遠近，都可以開眼界、長學問，對孩子也是極好的教育。他的另一半，是同行，研究中國陶瓷專家，現在以孩子教育為主，偶爾幫各博物館鑑定文物，他倆都喜歡音樂，也喜歡看電影，許傑有些歉疚的說：「可惜工作忙，閒暇時間太少，不能常陪太太看電影，很遺憾！」

作者註：許「傑」又為許「杰」，現轉聘為舊金山亞洲藝術博物館館長。

言興朋——「楊修」樂當「海鷗」

言興朋剛從上海回到紐約，過陣子還要飛去上海，這位國寶級京劇演員沒趕時髦當「海龜」，卻更潮的做了「海鷗」，美中兩地來回飛！

問他：「回上海忙什麼？」

他答：「回國奉獻！」

他說：「我主要是教學和演出。尤其是培養、教育京劇苗子。」

言興朋回到闊別十多年的上海劇場，他的角色由昔日台前「傳播」的演員，轉換為幕後「傳承」的老師；但老戲迷不減當年對他的喜愛，當他和老搭檔尚長榮登上逸夫（天蟾）大舞台再唱「曹操與楊修」，上海爭傳「少爺回來演楊修啦！」戲迷都叫他「少爺」。

演出時，戲園子裡爆棚，觀眾掌聲壓過出場鑼鼓聲；「曹操與楊修」堪稱中國當代京劇里程碑式的作品，也是言興朋舞台上巔峰之作。

言興朋出身京劇世家，祖父言菊朋是言派創始人，父親言少朋、母親張少樓、姑母言慧珠都是菊壇大家。言興朋攻文武老生，嗓音清亮圓潤，扮相俊秀儒雅，身段瀟灑風流，演唱文雅細緻，承言派文人戲風格。他解說言派老生特點在「腔由字而生，字正而腔圓」，聽過言興朋戲的人，都知道，他的唱腔特色：腔高蒼勁、圓柔跌宕，富於變化。

少爺會的戲很多，其中「讓徐州」、「臥龍弔孝」、「上天台」、「文昭關」、「打金磚」、「甘露寺」、「遊龍戲鳳」更是他拿手好戲！

二〇〇三年，言興朋在紐約時裝設計學院一場「臥龍弔孝」，成為他在此間舞台絕響。從此，他不再過問票房的事，與另一半嚴蘭靜開始退隱的生活；嚴蘭靜是台灣菊壇青衣祭酒，他倆的退隱，可說是京劇愛好者的一大損失。

一九九九年，他和嚴蘭靜在紐約成立了「新世紀國劇中心」，希望用西方劇場經營模式，推動國劇票房的發展，但是，理想和實際畢竟有段距離，當他意興闌珊有意退隱之際，國內京劇新戲和新角大量湧現，深深吸引了他，當上海京劇院向他招手，言興朋就開始新的戲劇生命，他要把過去經驗的、國外學的傳承給新的一代。

現在中國年輕人還有興趣學京劇嗎？

言興朋表示：「京劇在中國現在是穩定中發展，走的是國家大劇院演出模式兩年一次的國劇節，非常盛大熱鬧，因此也吸引不少年輕人學戲，我就收了很多學生，十來個呢，他們來自各省劇團，都是專業演員，不是業餘的。」

那您以什麼心態來「開山授徒」？

左圖為「曹操與楊修」劇照。右圖為「曹雪芹」造型。

「我經歷了國外學習，回首來時路，更加體會傑出前輩的成功因素，我把這些總結、歸納，提供給他們，幫他們別走冤枉路。」

他抓重點說：「凡是成功的角兒，必是找到自己，也就是說，學流派，不能學表象，要學本質；如果譚富英光學余叔岩，那就不會有譚富英了！譚小培一心只『克龍』譚鑫培，因此沒走出自己的路。」他又舉例：「我爺爺也是學余派的，當年若是『克龍』他師父，那就沒有今天的『言派』了。這就是我傳藝的重心，並且把過去演過的戲，在海外學的好的東西，毫無保留的傳授給他們。」

「西洋戲劇有些值得借鏡，來到美國，總得學些好東西。」一九九九年，言興朋進入國際上享有盛名的曼尼斯音樂學院（Mannes College of Music）正式讀聲樂，主攻男高音，「我是 part time 半工半讀，一直到二〇〇八年才拿到學位。」

左圖為言興朋與上海收的徒弟。右圖為清唱諸葛亮。

那些年，他前後學了「杜蘭朵」、「魔笛」、「弄臣」、「茶花女」等歌劇。

「照說中國京劇和西洋歌劇，是風馬牛不相及的，我學歌劇，是有因緣的，這也是我要感謝上蒼的，因為我遇到兩位高人，讓『言派』不絕，文革末期，我在杭州劇校學習，當時杭州美術學院被紅衛兵給廢了，於是劇校和浙江省歌劇團都進到美院的大院裡，我因此遇到陳大濩和沈湘兩位先生。」

陳大濩是菊壇名鬚生，曾和梅蘭芳同台唱「四郎探母」，當時是劇院老師，「陳老師和我爺爺同是文人下海，不是坐科出身，而且都學的余派。」

或許因為這層愛屋及烏關係，為給「言派」留根，陳老師往往在學生就寢之後，把言興朋叫到自己屋裡，關著門，偷偷教他傳統老戲；那年頭，劇校只准教唱樣板戲。

「另一位恩人，沈湘老師是中國聲樂泰斗，也是名教育家，在他的點撥之下，我的聲域和唱法才開了竅，當年劇團演出，我一向是『奇襲百虎團』裡第一個拿大旗的、『杜鵑山』裡的自衛軍；經過兩位高人鞭策，嚴格要求下苦功，後來，我唱了『智取威虎山』的楊子榮、『杜鵑山』的李石堅，都是戲中男一號。」

「因為沈湘先生的關係，我對西洋聲樂有了一點認識，導致數十年後進到曼哈頓這所因學院苦讀，在音樂學院，我體會到『不唱糊塗戲』、『不做戲匠』的真義。」

他指的是，在曼尼斯音樂學院從樂理基礎、耳音訓練、發音練聲、五線譜對位、作品分析，各個課程，培養學生對一齣戲的深入理解，表演的時候才能從內在體現，「這些課程，讓我回到國內教學生的時候，很有啟發。」

「西洋歌劇畢竟不同於咱們京劇，雖然有些可以借來一用，但是唱、做、唸、打、武，這些基本功一定要紮實，我父親教我的『先看一步走，再聽一張口』，這就是上台基本功，上台這兩下鎮不住，你就不是角兒！」

言興朋樂當「海鷗」，因為他有心為京劇藝術界多培養一些「角兒」：「希望有更多更好的演員，把中國這項優美的傳統文化藝術，也能像西洋歌劇一樣，不斷推陳出新，走向國際舞台。」

他還有個衷心願望：讓「曹操與楊修」登上林肯藝術中心，讓全世界都能看到中國真正的京劇表演藝術！

言興朋活動簡表

一九八五年：紀念周信芳誕辰九十週年，專場演出
一九八七年：獲第一屆全國青年京劇演員電視大賽榜首
一九八八年：「曹操與楊修」首演
一九八九年：京劇電視劇《曹雪芹》開機
一九九〇年：獲第七屆中國戲劇梅花獎
一九九二年：參加春節電視晚會演出
一九九四年：抵達紐約，獲頒「亞洲傑出藝術家獎」
一九九九年：紐約成立「新世紀國劇中心」
一九九九年：就讀「曼尼斯音樂學院」
二〇〇七年：華盛頓美中戲劇家協會慶祝香港回歸十周年演出
二〇〇八年：獲「曼尼斯音樂學院」學士學位
二〇一〇年：「言歸正傳」開山授徒系列活動展開
二〇一〇年：上海逸夫舞台演出「曹操與楊修」

夏立言——紐約華文作協的女婿

紐約文藝界送夏立言夫婦（中），右為馬克任先生，左為夏志清先生。

鄭麗園是作協的會員，以此推衍，她的夫婿夏立言先生可算是作協的女婿了。作協經常舉辦活動，「一般」的演講，主辦單位都不打擾公務倥傯的夏先生，而只「通知」會員鄭麗園，若遇新年團拜或大型聚會才邀請夏大使。

有多次，當主辦的工作人員先到達會場時，發現大使先生已經先到了，他用許多理由說明為何提早到場，無非要減除主辦單位的「心理壓力」。尤其，他會說是代夫人出席來的，致詞時總是客氣的說：「鄭麗園不敢稱作家，她只是一個文字工作者！」

可以看得出，他很欣慰也很自豪，太太有這麼「文雅的嗜好」；因自己工作繁忙，太太有此寫作雅好，正好可以充實時間，亦可嘉惠她的「粉絲」。

愛屋及烏吧，因為老婆愛寫文章，他對這群舞文弄墨的文字工作者，也有層心有戚戚焉的好感，因此，作協許多會員都把他當成好朋友。

因著「鄭會員」的關係，這位身分比較特殊的女婿就與作協結下一段善緣！

當《世界日報》首先刊登夏大使調任的新聞，許許多多會員及文友同時升起一個心思，好朋友榮調，定要歡送，以表難捨之情！

◎　◎　◎

王鼎公在得知夏大使榮調消息後，特與筆者通電，他認為過去的駐外官員，從無一位如夏大使這般關懷、重視文學社團者，鼎公不勝感慨，他倡議要為夏先生辦個隆重而不鋪張、真誠而非形式的「惜別會」；鼎公認為「送而無所歡」因此不用「歡送」之詞，應用「惜而不忍分別」之惜別二字以表依依不捨之意。咱們可要認認真真辦好這場盛宴呀！

◎　◎　◎

馬克老因腿傷，困於行已數月之久，大家都很想念他，他也很想念大家，但又無法外出；不過，他對為夏大使餞行之事，十分上心，他認為，必須表達作協和文學藝術社團的團結，共同舉辦歡送（惜別）會，讓夏先生有個難忘的臨別聚會。

克老算了算聚會預定的日期，高興的說：「好極了！傷筋動骨一百天，五月廿七號，正好超過一百天，我可以行動自如的參加盛會啦！」

◎　◎　◎

夏志清教授向來風趣幽默，他說紐約華人學術界有個最了不起姓夏的，那就是夏志清，紐約華人官場上有個最了不起姓夏的，那就是夏立言，兩個姓夏的都了不得！夏教授夫人聽說歡送會的消息，連不迭的說：「好！好！好！我們早就盤算，總有歡送他們的活動吧？我們等著參加呢！」

夏教授有心臟病，一直以來不太「出遠門」，從曼哈頓居所到法拉盛東麗宮，算是「出遠門」啦，以往作協舉辦活動，夫人會斟酌過濾，全權裁定之，此次聚會，夫人未問地點，不計道途，一開始就說「我們一定到」。

◎　◎　◎

三位大老的所言所思，令人感佩，也令人感慨！長者心胸、文人風度啊！嘆今日後生晚輩的身上已然鮮見矣！心正理直，當為則為，存一份「心心相印」，唱一闋「西出陽關」，念真情相處，歡聚一堂，三杯水酒，君子之交，其情瀟灑、其懷坦蕩，高潔無機，真胸懷灑脫、光風霽月！這就是古人所謂的「君子之風」吧。

作協女婿即將攜夫人榮調印度，咱們紐約華文作協不但少了一位知名多產的好作家，同時要暫別大家都喜愛的女婿朋友，這不但是作協的遺憾，更是紐約僑界的損失。

讓我們一同祝福夏大使伉儷：一帆風順、百尺竿頭！

也寄語他們，別忘了紐約的好朋友！

張彰華——海洋博士教你吃什麼魚？

張彰華（右一）與海洋環保學者在紐約海底探勘場。

華裔新移民婦女血液中含汞量是七・二六微克，尤其是來自中、港、台的移民，水銀含量又高於在美國出生的華裔，是一般紐約客的三倍；根據這項二〇一〇年張彰華以魚類生物專家身分協助紐約市衛生局聯邦環保署追蹤的調查報告（鑑定魚種，華人常吃的魚類），顯示有四分之三的華人血含汞量超標過高。

為什麼華裔移民婦女血液含汞量居冠？

聯邦環保署少數的華裔海洋環境生物專家張彰華指出：「這和吃魚有關！」

二〇一〇年，他與環保署小組走遍唐人街和法拉盛的華人超市，調查各種魚攤上的魚種，然後送到州府奧伯尼（Albany）化驗中心做分析。

根據這次調查結果，他們和紐約市環保局合作，專門印行一本華文手冊——《吃魚的聰明選擇》，呼籲華裔婦女注意海鮮食品的選擇。

張彰華是紐約華人社區活躍人物，他先後擔任海洋大學美東校友會會長、空軍子弟小學美東聯誼會會長、美東華人學術聯誼會副會長。

相交滿社區，但鮮有人知道他的正職是聯邦環保署。日前，他曾「出差」紐約港漂流了六個日夜，「我們去抓陽澄湖大閘蟹！」張彰華語出驚人的說：「我們一個團隊，在外港口淡水和海水交會的流域，調查底棲生物，檢驗尋找陽澄湖大閘蟹的蹤跡，而我是整個團隊中唯一『認識』這種螃蟹的人。」

張彰華跳過「大閘蟹」，先談婦女血液含汞量過高的影響，他表示：「孕婦吃過含汞的魚，胎兒在母體吸收過量水銀，會影響腦部神經發育，在哺乳時，也會導致嬰兒中樞神經系統被破壞。因此，我們要注意挑選含汞低的魚食用。」

「我們老中吃魚，是老外的好幾倍，為了自身和下一代的健康，必須懂得怎麼選擇魚。」張彰華以簡單的區分法做說明：「以魚類的生物鏈來說，位置越高的含汞量也越高，俗話說的：大魚吃小魚，小魚吃蝦，正是這意思，越大的魚吃的食物越多越雜，例如：劍魚、旗魚、馬頭魚、鯊魚、馬鮫、石斑、龍蝦、鯇魚都屬含汞高的魚種。現在很多養殖魚，它們的飼料來源也影響汞含量。」

他特別強調：「魚是很好的食物，像鮭魚含的 omega 3 對心血管健康很有助益。因此，也無須因噎廢食，不敢吃魚了！小型的魚，屬食物鏈低層的，相對含汞量小，如秋刀魚、小魚乾都很好。建議不要老是吃同一種魚。」

九月六日，張彰華在長島灣舉行了「長島灣禁排船舶污水法案」說明會，到場的除當地地方官員，還有國會議員、州議員等。這項法案是由張彰華擬議的，經過聯邦環保署提案通過立法，開始正式執行。

張彰華任職環保署紐約區辦公室，他們工作轄區包括紐約、新澤西、美屬維京島（Virgin Islands）、波多黎各島（The Commonwealth of Puerto Rico）。

他指出，長島灣有上千艘遊艇，船舶排放廢水勢將造成污染，為了保護當地水質安全以及棲息地的維護，這項法規受到相當重視，「我相信，保護環境、愛惜資源，給下一代好的生活環境，是普世的觀念。」

懷念

成圓而去　乘願再來——憶聖嚴師父

（法鼓山提供）

聖嚴師父走了！成圓而去。

師父質樸而自適，喜怒不刻意掩飾，不會故作「禪」師狀，正是所謂的「身在禪中不見禪」！

聖嚴不逞機鋒也不鬥機巧，瘦削的臉上漾滿平淡自在─境界愈深愈是平淡。

平淡，如天上一輪明月，柔和、皎潔、寧靜、善良，偶有烏雲掩遮，風吹雲散，明月不動不止。

聖嚴正是這一輪明月，常照法界。只是，這輪明月常為雲霧所纏繞，他的一生為傳大法，任勞任怨，走得辛苦、行得顛簸。

現代版的愚公

二十年前，北投農禪寺大雄寶殿前花園裡，筆者有感而發的問師父：「為什麼農禪寺不能像佛光山那樣，有那麼多護持和外緣？師父建法鼓山怎就這麼難?!」

師父習慣性的側著頭，看定我，笑了，微微的說：「因為我的福德不夠啊！」

言者雲淡風輕，聽者醍醐灌頂；福德為何物？誰的福德夠？至今每念及此，仍不禁怵然！

那年，聖嚴法師發心建一處兼具教育、研究功能的大道場。

為實踐這個心願，整整走了十六個年頭，聖嚴在荒煙漫草之間，一步一腳印，走出大學院、大普化，走出大關懷；春去秋來、寒冬溽暑，出家人一磚一瓦的積累，一寸一尺的開闢，雜樹亂藤之上，終於，巍巍然「法鼓山」聳立天地之間。

聖嚴擊響法鼓，樹立了一種新文化，不是著相的佛化，而是具普世價值的大眾美德文化，在社群中滋長、潛移默化，昇華為千萬人生活哲學的圭臬；他所致力倡導的「提升人的品質」、「落實整體關懷」，為人們精神世界開掘另一種深度。

聖嚴擊法鼓，這是福德厚薄的因果？還是現代版的愚公移山？愚公把山移開，讓我們看到：生活在希望中，人生是一個心願無窮，實現夢想的過程，即使僅一個心願的圓滿，也足以「寂滅為樂」。

法師臨行前，留下一偈：「無事忙中老，空裡有哭笑，本來沒有我，生死皆可拋。」好似為「愚公」寫的墓誌銘。

師父在紐約「象岡」主持禪修。

林青霞與白骨觀

法師是幽默的；那年，在台北「禪三」班，聽師父回答一位「社會精英」的問題，問曰：「師父看眾生平等，面貌美醜、男女老少在您眼中都是一樣的嗎？」師父答：「你們在我眼中，都是一樣的。」又問：「座中若有美女如林青霞，師父會多關注她嗎？」「我如何關注她，也會如何關注你。教你們一個法門—修有為法不淨觀和白骨觀，再美的人，終究是一副白骷髏！心意識所變現，就生執著！」師父如是回答。

十數年後，機緣成熟，漂亮的女明星果真皈依大師座下；報載，林青霞與聖嚴師父同拍公益廣告，想起當年眾弟子與師父的那段「白骨觀」問答，不禁莞爾！

主持第一次禪七在紐約

法師的禪坐教授，被推崇為當代佛門重鎮，為國際知名禪師。而他自己則說：「我不是禪師，也沒有準備做禪師，只是由於因緣的牽引……」

因緣妙不可言！法師第一次主持禪七，不在台灣，而是在紐約。

一九七七年五月聖嚴在長島「菩提精舍」主持了生平第一次禪七。他回憶當時，毫不隱諱地說：「情況是非常艱苦的，初次在美國主持禪七，已四十八歲，我沒有當過板首或西堂（相當於課堂上的教授與助教），……自廚房到便所，從起床到就寢，由講解規矩到巡視禪眾，都是我一個人擔當，……」，「對我這個體弱多病，身高一七一公分，體重經常只有四十三公斤的人而言，這是極其辛勞的工作。每打完一次禪七，就像害了一場大病，虛脫無力，久久不能復元。」

以他孱弱的體力來說，他更適合講經說法，以他的博學也適於著書立說，但他仍在台灣、紐約、世界各地不辭勞苦的主持禪七，一次又一次辦了下來。

師父就像一個母親，照顧禪眾弟子就如照顧一大群剛出生的嬰兒，「而且是害了病的嬰兒，必須全心全力，不眠不休地照顧他們。」

每當禪七中，若有禪眾得到較深的覺受，或者僅是得到一點悟境，他都會如產婦乍見新生兒時的欣喜與悲愴，每每為之「老淚縱橫，泣不成聲！」

聖嚴瘦弱乾枯的軀殼裡，深藏著的是一顆慈母的心。

餐風露宿曼哈頓街頭

聖嚴法師與紐約有極深的緣分，法師一生最艱難困頓的時期，也是在紐約，那是一九七八年的冬天，他辭去大覺寺住持，不便再在寺裡掛單，原本暫住長島的「菩提精舍」，那是沈家楨居士的別墅。由於距離紐約市區太遠，弟子們請求師父回市區，以方便隨時追隨求法。作家施叔青所著《枯木開花》中，有這樣一段描述：於是，法師攜同美國出家弟子果忍法師回到紐約市，師徒二人背著睡袋，在天寒地凍的嚴冬，行腳於風雪夾雨的大街小巷，足跡遍至新澤西州、曼哈頓、皇后區、布魯克林，往往不知夜晚棲息於何處。

「那一陣子，師父借用一位在家弟子的住宅，在蘇荷區上課教禪法。」一直跟著法師學禪的王明怡博士說。

夜裡師徒輪流住宿於學生及信徒家裡。無處為家時，只好餐風露宿街頭。

「天黑了，沒有地方落腳，有幾次去教堂廊下過夜，果忍徒弟也睡過中央公園。」……

出家人無所謂「潦倒落魄」，為傳聖教，為法忘軀，如此苦行，誰言「利生弘法，一切現成」？

聖嚴傳道遍全球，花開葉散，回顧這位苦行僧在紐約弘法的足跡，其大悲願、大毅力令人震懾！

師父的笑容永遠慈悲法喜。（法鼓山提供）

一九七五年底法師初到美國，先在舊金山般若講堂掛單，十二月中旬轉抵紐約，到布朗士大覺寺掛單；一九七六年五月間，在大覺寺開始教授佛教的修行方法；一九七七年五月，沈家楨伉儷提供長島「菩提精舍」，主持第一次禪七；一九七九年在皇后區成立禪中心；一九八七年禪中心遷至更大的現址，以「東初禪寺」為名，旨在紀念成就他二次出家的東初老人。一九九五年在上州成立「象岡道場」。一九九八年與達賴喇嘛「漢藏佛教世紀大對談」於玫瑰廣場音樂廳舉行三天，舉世矚目；二〇〇〇年參加聯合國總部「千禧年世界宗教暨精神領袖和平高峰會」；二〇〇七年與哥大簽署正式成立「聖嚴漢傳佛學講座」。

無名善士沈家楨

借「菩提精舍」給聖嚴辦禪七的沈家楨先生，也是紐約客；早在半世紀前，他已是美國擁有八十四艘巨輪的航運鉅子。他更是近代佛教界著名的大護法，紐約上州的莊嚴寺，便是沈先生捐出一座山嶺、親自督建而成。

一九六九年聖嚴東渡日本求學，有位無名氏默默的提供獎學金，長達五年未間斷，供他讀完博士，這位善心人就是沈家楨。

沈先生於二〇〇七年秋在紐約上州往生，聖嚴因洗腎牽絆不能親往哀悼，特由果東法師代表致祭。兩位大德彼此護持，一生相契溫和如玉，益顯君子之德。

浮雲任來去

世間都稱聖嚴為一代高僧，讚嘆他是佛門龍象，弟子信眾仰望他，尊之「師父」。

他是一位慈祥的長者、是一位穎慧的智者，是我們身邊一般行住坐臥、氣血肉身的老朋友。

那天，紐約大雪紛飛，「老朋友」在台北圓寂，暫時離開了我們。 師父，您是「青山原不動，浮雲任來去」了無牽掛了，如果回首看看人間五濁惡世，仍放心不下，那，請您乘願再來！

化作春泥——憶馬克任先生

這個秋日，令人悵惘而悲傷！

已是十月下旬，楓葉未紅，卻殘留並不青蔥的綠；還有，長島快速道路三十五出口，那段便道上兩旁交錯的參天樹木，落葉也不繽紛，似乎倔強的在等待先生開車回家經過，貪心的想再聽您誇讚它們：「像極了凡爾賽宮前的夾道小樹林，一樣的美！」

因為先生的悄然離去，此刻，紐約的深秋，沒有了詩意，不再醉人。

蕭颯的風中，飄蕩著對先生無限哀悼和追思。

「著名報人馬克任辭世」的消息，讓當天的報紙，顯得很沉重。

先生風雲際會走過九十個春秋，如一曲高山流水的琴音，倏忽彈出最後一個音符，戛然而止的突然，想必連自己也感意外和不捨吧？遑論悽悽惻惻面面相覷的親友和門生了！

多麼親切的名字和笑容，靜靜的在報頁上停格，留下令人永遠傷情的遺憾和嘆息。先生的足跡，不該就此終止的呀！

回首，我們看到您「從一片荒原草徑變成繁花夾道的路上走過來，留下粗重的腳步。」

這留下的腳步，是標幟、是啟示，也是典範；先生以儒雅的涵養，徜徉在文字的馨香和行句的錚然之間，持續創作不輟，嘗吞吐中華古韻及翰墨清香。

暮年筆耕逾勤，在八八米壽前夕，亦有佳作出版，新書《浮生尋夢遊記選》，寫的不是表相的山川風景，而是一位老作家豐富的人生閱歷和對天地間人事物的感懷，那是您獨特的睿智和淡定。

新書發表會上，先生粲然的笑容，漾著滿足和喜悅，歲月似乎沒給您留下任何痕跡，那是一張童真純樸的笑靨，不見虛張也無誇飾，是一種善美吧，是一腔真誠吧，或者是一段心路吧，總之，在那樣氛圍底下，眾人輕鬆自在的穿梭於先生的字裡行間，飽汲您思緒翩翩的斐然文采，酣飲您越陳越醇的讜論佳釀。

懷念起二〇〇一年，先生的《穿上母親買給我的睡衣》初版，您是這樣介紹：「所有作品或明或晦地反映出我的身世，我的生活遭遇，我在青春時期的夢和期望，中年時期的感悟和決心，以及進入暮年的泰然坦蕩心情。」（您從不認為人生有晚年，只曾說：「心存達觀又樂觀的步入暮年，面對晚霞滿天……」如此雲淡風輕。）

您信手拈來的文字，這邊風景似春天萬紫千紅、繽紛奪目，那廂鏗然如高僧醍醐灌頂、直指人心。有人說：「克老的右手寫社論，左手寫散文。」您的知交夏志清教授緬懷說：「馬先生妙筆有神，最可貴的是他的職業道德和堅守原則，當年在海外反共，是需要非凡器識和勇氣的。他大是大非，做到了！了不起！」

一九九四年，眾望所歸的，先生被推選為北美華文作家協會會長兼任紐約分會會長。於是，您高舉華文文學創作的大纛，為旅居北美的作家搭起開闊寬廣的平台，鼓舞此間文字工作者，老中青作家們，凝聚在作協的大家庭裡，互相砥礪、彼此切磋，不再有失根蘭花的哀愁與嘆息。於是，個個以酣飽的筆墨，揮灑出海外文學的風流、傳遞著寫作人卓爾不凡的華麗；從而，就有了學者作家王德威所說的「眾聲喧嘩」吧！

先生是這個大家庭的大家長，在紐約作協《文薈》創刊時，特親撰發刊辭〈遲來的驚喜〉，開頭便是：「就像父母的盼望一個嬰兒的誕生，癡癡的有時甚至焦心的，年復一年，終於等到一個遲來的寧馨兒，那份歡欣鼓舞之情是不可言喻的。」

馬克任先生對紐約文薈教室十分關切，圖為先生在頒發學員結業證書。

「作家、會長」的身分與「總編輯、社長」的角色，在您的詮釋下風格天成、各有千秋：前者慈藹、熱情，後者嚴厲、霸氣，一個是慣看風月、羽扇綸巾的倜儻鴻儒，一個是叱吒疆場、披鎧執劍的威武將軍。

許多昔日隨您馳騁報業征戰的部屬，後來在作協的活動中，都會油然興起心頭微瀾：既喜祥和儒雅的會長又懷念肅穆威嚴的總編輯。

這是先生對生命和生活同樣要求高品質的執著使然，不論站在哪個崗位上，都以真誠求取完美，這是擇善的固執。

無疑的，這些均根植於新聞人的務實精神和追求真理的特質。

先生青年時受復旦大學新聞專業教育，曾撰：「老兵猶在屢戰不懈，雖然隨時受到正面攻擊，側攻或圍攻，老兵始終堅定不屈。」還說：「我懷抱一貫不衰的理念，就是不向壓力低頭，不對橫逆屈服。」

亦曾，在華岡之麓，風雨課徒，威風凜凜的總編輯站上文化新聞系講台，頓時化身諄諄教誨、愛心扶植後進的謙謙夫子；您篤信新聞教育的道德與倫理更重於術能技巧，耳提面命地說：「為人、做事、處世的態度決定一個人的成敗，技術再精，才能再高，學問再豐富，但為人自私、惟我，勢難有成就。」

先生奮鬥事業大開大闔，家庭生活則柔情萬千，與夫人鶼鰈情深，凡有活動酬酢必出雙入對、形影相依，師母不僅是賢內助，實則內外兼顧，照拂您無微不至，真前世今生大福分。

賢伉儷長留親友心中難忘的印象，其中之一是：每每在外餐館或咖啡雅座，當師母忙著和朋友或學生搶著付帳時，先生總會老神在在穩坐椅中，瞇眼微笑，輕輕言道：「你們別忙啦，誰也搶不過她的。」接著又補充：「本當由我們請客！」言者真情謙沖，聽者如沐春風。

第八屆世界華文作家協會即將在高雄佛光山舉行；那天，您電話中還對台北符先生說會應邀出席，雖然已開始洗腎醫療，先生對作協的未來發展，仍掛懷於心，掛念的是團體的合諧與進步，想著和文友們敘敘舊，先生總在寒暄之中對後進提攜、鞭策和鼓勵。

先生可知？大會決定推舉您膺任「北美華文作家協會榮譽會長」。

如今，世華大會將因您的缺席而有遺憾，文友也因少了您的關懷而感悽然；千絲萬縷的追憶，化為難捨的驪歌，也化作祝禱的詩篇，紀念先生熱愛生命、熱愛寫作的精神，它將悠遠綿長的滋潤每支筆下的繁花。

永遠的榮譽會長啊！您沒有離去，只是化作了春泥，因緣更護花。

先生不會走遠，因為我們心有靈犀、天人相契，對否？

西來寺掛單的記者——念陸鏗

筆者與陸鏗（右）攝於 1988 年。

二十年前，與陸鏗大哥相識的那年，他在洛杉磯哈崗（哈仙達崗 Hacienda Heights）的西來寺掛單。雖然他的年齡足以為我的父執輩，但他要我與旁人一樣，叫他「大哥」；陸鏗是永遠不服老的！

那年，他甫來美西，落腳星雲大師的西來寺；他被譽為海峽兩岸記者第一人，大哥不只一次地告訴我這個新聞圈小老弟：「我以做新聞記者為驕傲，終生職志為記者，當然，這需要付出甚高的代價」；他並鼓勵我「一日做記者，終生做記者」。

當時，在洛杉磯新聞界同行，都以驚羨眼光看待這位曾叱吒海峽兩岸半世紀的新聞界前輩，都知道，那個住在廟裡的記者有著輝煌且不尋常的歲月！

陸鏗，號「大聲」，人如其名，無論口出言語或下筆為文，其聲大若洪鐘、鏗鏘有力。大哥笑口常開，笑聲也大，充滿堅韌桀驁之勁！他總說：「我是個無可救藥的樂觀主義者」，因為樂觀，他創造了「世紀記者」的不朽風範！

陸大哥坐過共產黨和國民黨的牢，他自嘲又自豪地宣稱：「我是唯一坐過共產黨的牢又被國民黨關監的人，可見我的政治立場是獨立而超然的。」

「二十二年牢獄日子，您是怎麼熬過來的？」

「就靠樂觀兩字！」說著，大哥又笑啦！他說了個故事：一九五一年中共搞大鎮壓運動時，他擔心的問題不是被槍斃，而是，如果被殺，新聞標題要怎麼做？他想，殺我的時候，看熱鬧的人一定很多，考慮了半天終於想出了一個標題，自己滿意極了，偷偷樂了好幾天，標題是：「萬人爭看殺陸鏗」。他就是這麼樂觀得無可救藥。

陸大哥閉關西來寺，目的在寫回憶錄。西來寺山腳下幾棟紅瓦白牆的 house，用作行腳僧掛單的禪房，外觀看起來似別墅美宅，屋內則十分簡樸清爽，大哥住在二樓角落單間，室內一單人床，一書桌，兩把椅子，一把供訪客坐，此外別無家私。

每次去看他，總見他自書桌前起身相迎，滿面笑容，話語之後必是哈哈笑聲，爽朗親切，碩壯偉岸的身軀、滿頭華髮，塑造了一個歷盡滄桑、性真情切的男子漢形象。也因此，他的親和魅力像磁石一樣，吸引著身邊的朋友；陸鏗相交滿天下，三教九流均不棄，可是大哥終身阮囊羞澀，只能是交遊廣闊的遊俠，而難為門客三千的孟嘗君。

在廟裡開始寫的回憶錄，一九九七年出版了，十年後，他把書名加上「懺悔」兩字。九七年中秋，在紐約，當他將這本書送給我的時候，特別說：「在感情和家庭上，我是個罪人，是個混蛋罪人。」白髮蒼蒼的硬漢，說出這幾句話，讓人心酸，讓人不忍。

在他內心深處，對髮妻及子女的愧疚雖沒寫在臉上，在他經常展露的笑顏底下，還有另一張為人夫為人父的滄桑又愧赧的面目，不為人見。因此他將回憶錄加上「懺悔」，應有求贖之意。

大哥的率真坦誠、勇敢不矯情的真性情，於此可見！

住在寺裡的時候，不少朋友去拜訪他，筆者和卜大中兄是同行中較常去親近大哥的，大中去得最勤，大哥有事會交代我轉達代辦，大中則常當司機專車接送大哥訪友或參加座談，大中性情瀟灑豁達，人又機智多才，深獲陸大哥欣賞愛護，吾輩同儕也笑稱，大中是大聲公的腿，大哥離了他，可能就要坐困山廟了。

八八年的冬天，農曆年後，某晚，突接陸先生電話，說有一極具新聞價值的人值得採訪，希望筆者能驅車趕往，照他給的地址找到一戶宅第，屋內高朋滿座、席間熱鬧非常，大哥見筆者趕到，立刻引進入座，介紹主人及賓客；當天的主角是崑京大師梅蘭芳的公子梅葆玖，大哥還私下叮嚀採訪重點，提攜關懷的殷殷之情，至今難忘。

席間，眾人忙著攝影留念，大哥把我拉到一旁，大聲對友人說：「來！幫我和俊邁拍一張。」他當天穿著一襲藍緞子棉袍，灑脫中掩不住豪邁之氣。

後來，因工作關係，筆者回到台北，其間，大哥凡到台北，必邀小聚暢談；有一次，他從口袋中掏出一張照片相贈，正是那張春節之夜兩人合影的照片，大哥特意用硬紙板將照片浮貼於上，並加了透明薄膜以作護面，其細膩之心，在這小小之處，表露無限意深情長。

此後，無論漂泊何處，一直珍藏保存。孰料，這也是筆者和大聲公唯一的合影，如今，它已成為筆者極為珍貴的留念了！

八九年春，筆者將自洛城返台工作，到西來寺探望他，無意間發現「家徒四壁」的牆上多了張照片，其上是陸大哥輕摟著一位美貌女子，黃昏夕陽為背景，兩人依偎含情脈脈！不知影中美女為何人？大咧咧地相詢，大哥一副滿足狀，笑著說：「這是我的黃昏之戀，她就是崔蓉芝。」久聞其名，這是第一次見到海倫姊廬山真面，在照片上。

同年夏天，在西來寺舉行的陸鏗七十大壽慶祝活動上，他當眾宣布與崔蓉芝相守此生的誓言。一時傳為佳話，但也引來不少責伐。

喜訊傳到台北，各大報爭相報導，筆者也寫了一篇特稿〈陸鏗的黃昏之戀〉，為之賀！

陸鏗那天在西來寺「婚禮」上說：「崔蓉芝是我此生最後一個女人！」

這話，不打自招，到底他此生有過多少女人？

曾經，陸大哥私下輕聲細語（不能大聲）跟筆者說：某某人在餐桌下，用腳踢我；某某給我寫情詩。言詞之間，不似吹噓，倒有些緬懷，絕非輕佻恣意。他也承認自己太多情，有時還自作多情。

這位才子記者，卻未曾將自己的風流韻史寫下任何報導或特稿，唯有《陸鏗回憶與懺悔錄》中，有一小章節〈八個女性的故事〉，屬唯一可考資料，而其字裡行間，卻是船過水無痕，往日情懷只剩雲淡風輕，空餘「懺悔」了。

記者，你是否住寺裡的日子久了，耳濡目染，也悟得了「夢幻空花，何勞把捉，得失是非，一時放卻」之境？

陸崔兩人經過千山萬水走在了一起，那是他們由絢爛歸於平淡的起點，也是兩人感情歸宿的終點。千帆過盡皆不是，面對海倫，大聲公對昔日風月，的確放得乾淨，認定她是他最後的女人！

海倫當之無愧是陸大哥最後唯一依靠的人；這些年來，大哥患了阿茲海默症，嚴重失憶，連心愛的女人都不記得了，而這個女子對他不離不棄；大哥因病脾氣不能控制，吃喝拉撒睡，像個 baby 不能自理，全靠海倫姊寸步不離照拂伺候，陸鏗但凡有一絲知感，絕不忍心讓這個他認為是女人中的女人如此辛勞艱苦。

崔蓉芝，這陸鏗最後的女人，當之不易啊！若非堅貞的愛戀、知己的情義！焉能如此？大哥有此紅顏，此生當足矣！

若有來世，陸鏗恁再風流，該是除卻巫山不是雲，眾裡尋她只認崔蓉芝了！

●

後記：《陸鏗回憶與懺悔錄》第五八〇頁，作者這樣寫著：「二十一這個日子，在我一生中常常形成關鍵，覺得不可思議。比如，一九四九年十二月，從東京趕回昆明坐牢是二十一，一九五三年監獄宣布準備放我是二十一；參加中共統戰隊伍成為民主人士也是二十一。一九八七年十月在香港和崔蓉芝相會又是二十一。」

二〇〇八年六月，陸大哥離開他的愛人、親人、朋友的日子，居然也是二十一！造化弄人若此，怎不令人傷情！

悲風中飛舞的白髮——念趙寧

「母愛」塑像。

以打油詩風靡文壇的趙大哥走了，得年六十六，時方盛年，真是天妒英才！這位能寫、能畫又幽默風趣的趙茶房，曾擁有大批粉絲，在他們將軍巷裡的兩層洋房客廳裡，第一次見到他時，他還是被譽為台灣「最有價值的單身漢」！

認識趙茶房，遠在認識趙媽媽之後。

趙媽媽面相福泰，團圓臉，笑起來眼睛再瞇一點就像彌勒佛了，四個兒子裡，老三趙怡和媽長得最像，不知是否這個原因，趙怡在洛杉磯工作、讀書那段期間，趙媽媽都陪著他。

認識趙媽媽，就在她於洛城陪讀那段時間，約是一九八六年前後；趙怡非常孝順，加上媽媽管教有方，因此我們「自然而然」就經常會拜望趙媽媽。因是同宗，一筆寫不出兩個「趙」字，我就不隨大家叫「趙媽媽」而尊稱她「伯母」。

伯母，望之儼然即之也溫，為人有威嚴但對人和藹，對幾個兒子做人隨和、義氣豪邁的作風，常搖頭不以為然，她會說：「他們常常因為所謂的義氣，不堅守原則，不會說no，就會變濫好人！」她並以趙寧、趙怡兩人舉例。

不論人前人後，趙媽媽從不把「趙茶房」是他兒子掛在嘴上，謙沖自抑也不形於色，自有一番雍容自適風範。

其實，對寧、靖、怡、健四子的待人處事、為學事業，她老人家心裡頭，是滿意的，尤其四兄弟之間的情感，真正合乎兄友弟恭的古訓，讓她感到寬慰！

伯母很喜歡提趙怡為趙寧磕一萬個響頭的往事；有一年，在念碩士的趙寧，趁暑假到波士頓餐廳打工，一忙竟忘了寫家書，三十三天音訊全無。當年還在念建中的趙怡，看父母焦急，便在菩薩前許願，如果大哥有消息，他願意磕一萬個響頭。

趙伯父透過紐約辦事處，越洋「尋人」。趙寧得訊趕緊打電報回家報平安；說到這兒，伯母的聲調會稍微高幾度：「家裡接到趙寧的電報後，趙怡馬上在神明前咚、咚、咚磕了一萬個響頭，停都不停，頭都磨破皮了。」

母親的言語中，充滿慈祥、不捨、驕傲，兄弟倆這份親情，連媽媽都為之動容，誰說這不是母親的驕傲？

幾年後，趙怡拿到南加大傳播學博士學位，攜母返台，開展他的事業。

趙怡字心台，趙寧字致遠，心台兄總笑稱：我是「趙寧的弟弟」，一切都追隨致遠兄的腳步。話雖如此，事實證明，他倆是兄弟登山，各自努力，每人都有片天。

猶記當年，青年學子誰人不識趙茶房，不會吟詩也愛打油詩，尤其在高唱「去，去，去，去留學」的年代，《趙茶房留美記》幾乎是留美學生行囊的必備「葵花寶典」。

趙寧名言：「留學是借他人的土地，來鍛鍊自己的體魄」、「留美包機載著一百多位洗碗高手洋洋灑灑往金元帝國而來」，二十多年前傳誦一時，都是「趙茶房」的生花妙筆。

當年趙寧在如今早已打烊熄燈的《大華晚報》上一幅自畫像。他畫了個戴方帽子的茶房，題上「風蕭蕭兮易水寒，壯士一去兮洗碗盤」，至今仍為四、五年級人士津津樂道。會打油詩、畫漫畫的「茶房」走紅一時。

趙茶房是一個時代的印記，他為當代人寫下美好回憶！

第一次見到久仰的趙大哥，印象中，他有些靦腆，他給人厚道、親和的感受。熟稔之後，才見到談笑風生，字語珠璣的趙茶房。

趙大哥喜歡打籃球，當年他老家院子裡立了一個籃球架，兄弟們常鬥牛，以他的運動量，體質應該很健康的。

趙寧很早就皈依星雲師父，嘗自稱普光居士，他有深厚宗教修養，懷有自在開朗的心境，癌症病魔應近不了他。

孰料，趙寧去年十一月中旬因健檢發現疑似有膽結石，摘除膽囊後，被診斷為膽囊癌，轉到榮總進一步治療，後來卻發現腹腔、小腸有癌細胞轉移，病情持續惡化，一開始，不願讓母親擔心，怕老人家經受不起，全家人都瞞著老太太。

趙寧對媽媽的孝順之心，他自己說，高過趙怡。這點趙媽媽和趙怡都是給予肯定的。

趙怡就說，在我們家，媽媽的道理和邏輯是無限上綱，大哥都六十多歲了，只要媽媽稍微大聲一點，他就噤若寒蟬。

趙寧一直記得，求學期間他們兄弟姊妹分散各地，媽媽定時寫信鼓勵他們，用複寫紙，一式五份寄到五個地方。

他五十歲以前單身時，十二點以前一定要回家。「人家說是戀母情結，但我覺得，家是一切的基礎。」

母親在趙家兄弟姊妹心目中，是堅實不可撼動的定海神針，是他們此生此世的守護神！

誰曾想到，這守護神竟會親送大兒子走完此生！

趙怡說：「哥哥早有心理準備，走得很平靜」，過世時家人都隨伺在側。

提到趙寧與病魔對抗經過，趙怡哽咽的說：哥哥說的不多，寫的比較多，「留下幾篇『求生日記』，把每次化療的痛，都寫在日記裡。」

致遠兄寫在日記裡的痛，也是妻兒、弟妹們的痛，也是學生及粉絲們的痛，當然，更是媽媽的痛！

白髮人送黑髮人，人間最不忍的哀傷，深不見底的悲痛，是親情間的至慟！六十六個春秋寒暑啊，分分秒秒未曾間斷；未曾減少的母愛啊，如今沉澱、殘餘的豈是哀傷悲痛就能了卻?!

趙老大啊，儘管是四兄弟的老大，在媽媽眼裡依然是需要關懷、呵護的小寶貝！如今，居然撒手人寰先媽媽早走一步，丟下愛妻幼子，雖千般萬般不捨，卻因此留給老母娘親多少擔憂？多少掛懷？或許這是趙寧更大的無奈與不捨。

趙媽媽慟失愛子，她不能呼天搶地，不願痛哭失聲，因為還有弟弟們，她心裡還盛著媳婦、孫兒！她是家中主心骨，恁地蒼蒼皓首，仍須堅強！

不敢想像趙媽媽如何超越那逾恆的悲傷。每個人都要面臨死亡的課題，但兒子過世，課題就更複雜更深邃，白髮如您啊，如何去對答？可有力氣去拆解？

隔海遙悼趙茶房，眼前卻顯現米開朗基羅的「聖母慟子」（Pieta）雕像，聖母坐著，置耶穌屍首於膝上，臉上洋溢著悲哀，寫滿腸斷心碎之苦；母親頭顱微俯，輕摟著死去的愛子，深深凝視，哀而不傷，肅穆寧靜；那寧靜中，湧動著排山倒海的淚水啊！寧靜中，包涵著無以復加的人間震慟啊！

這座雕像又名「母愛」。

白髮人不讓淚水肆流，代以凝視一抔黃土的寧靜！

母親偉大！母愛壯哉！

悼念趙大哥，更想念趙媽媽！

感懷

一九三七南京之冬

「南京」電影海報。（取材自維基百科）

二〇〇七年十二月十三日，紐約降下今冬第一場大雪，下城第六大道交口的西 Houston 街上，三五結群的華洋人士，在白茫茫的寒氣中疾行，目標是鄰近的 Film Forum 電影院，那裡放映的影片叫「南京」。

一九三七年十二月十三日，南京城不知是否也下大雪？相信那天氣一定比下雪的紐約要冰冷，因為那天，中國人的血染紅了歷史，即便老天下雪，也該是猩紅的！

《南京》（*NANKING*）是部紀錄片，在台灣改名叫《被遺忘的一九三七》，聽起來很文藝，但不實際；北美地區，包括紐約、芝加哥、洛杉磯、舊金山等城市，均有華人社團出錢出力，租影片租場地，為當地華洋觀眾安排義演，還有更多的人掏腰包到電影院去觀看。

實際上，「一九三七」在海外許多地方，並沒有被遺忘。

歷史是殘酷的，因為它太誠實；歷史是荒謬的，因為它太巧詐；不論殘酷還是荒謬，它或許會被遺忘，但不會因此消失，因為它是絕大多數人類的記憶。它或許可以被塗抹、被刪改，但在刷痕與筆跡背後的真相，不會因此改變，因為它是絕大多數人類的記憶。

NANKING，就是力證，它是將南京大屠殺史實還原的一捲小小的膠片，短短八十分鐘，喚起長長七十年的記憶！一方數十呎的銀幕，承載著數十萬生靈的冤屈！「南京」此時此刻，不僅僅是遠方的一個地名，它是搖曳在世界許多角落裡的一塊招魂幡，提醒著世人，記憶仇恨與邪惡的同時，更要珍惜和平與善良。

銀幕上，一處燈光柔和的攝影棚中，擺著數張椅子，空著的；傳出導演的號令，請演員們就定位，包括伍迪‧哈里遜、大文豪海明威的孫女瑪麗‧海明威、約翰‧蓋茲、約根柏契納、趙家玲、楊雅慧等好萊塢明星坐下之後，隨即進入角色，按著腳本以專業的語調，開始引領觀眾進入一九三七年的南京城。

那年冬天的歷史展現眼前：日本轟炸機臨空，安詳平和的城市頓時化為殘垣廢墟；成千上萬如蟻群般的難民倉皇逃亡；日本兵進城了，冰冷的刺刀、刺耳的機槍，用中國老百姓的肉身當靶子，血肉模糊的屍體堆積成坵；從十歲女孩到六十歲婦人，成為日軍逞獸慾的犧牲品。

跪在地上求饒，老天也看不見、菩薩也救不得，侵略者的太陽旗下暗無天日。

六朝金陵古都啊！只有矇起眼睛逃遁到千年以前的金粉殘夢之中，摀住耳朵，不敢聽聞子民淒厲的哀嚎。

這塊土地上，自古，雖經過兵戈、有過烽火，但從未有過如此的屈辱與折磨，這不是苦難，苦難可以熬得過去，仍有冬天走了，春天總會來的期盼，可是那年南京的寒冬，把春天冰封在另一個遙遠的空間了。

春天，在悲慘的世界，不再鳥語花香！春天，對絕望的人群，不再回暖重欣！猶有數十萬生靈永遠訣別了春天；若是宿命，離開那滿眼血污的世間，可是他們唯一的結局？

一個母親，抱著襁褓中的孩子，在冷冽的寒風中解開棉衣給孩子餵奶，日本兵來到跟前，無緣由的舉起鋒利的刺刀，向母親胸前猛刺數刀，她不支倒地，小 baby 摔落地上呱呱大哭，日本兵不耐，用刺刀挑起孩子甩向路邊。路邊全是死屍，孩子沒死，在凍凝的血漿中爬著找媽媽，七歲大的哥哥眼見母親倒在血泊中奄奄一息，恐懼而失神的叫著：媽媽你別死！母親口不能言語，流下兩行淚，困難的蠕動著嘴唇，大孩子似乎懂了，問母親：媽媽，你是要我去找弟弟嗎？母親仍流著眼淚，大孩子走向路邊在死屍堆中尋找小弟，看到血泥中的弟弟，大聲叫他的名字，弟弟聞聲，朝著哥哥爬了過來，哥哥抱起渾身血漬的弟弟回到母親身邊，母親居然能動了，她的動作，竟是把 baby 又擁入懷中繼續餵奶，哥哥看到媽媽胸前的刺刀口子，汩汩的冒著鮮血，弟弟使勁的吸吮著乳汁，哥哥哭道：弟弟啊！你好不懂事呀！

這個哥哥，銀幕上，已是八十多歲的老人了，一頭白髮、滿臉歲月刻痕，說到悲慘處，老淚縱橫、泣不成聲！觀眾席上，黑暗中也傳來嗚咽之聲。

一個十二歲的小女孩和爺爺沒逃出城，祖孫相依躲在家裡，日本兵破門而入，要強拉小女孩，爺爺求日本兵饒了他孫女兒：她才十二歲，太小了，不能夠啊！日本兵舉起槍，如若不從，先斃了老頭子。小女孩對爺爺說：爺爺，你走開吧！你就是被他打死了，他們還是會糟蹋我的，別管我了吧！日本兵把小女孩拉到隔壁房間，逞其獸行，等他走後，爺爺趕忙來找小女孩，卻見自己孫女下身全是血，直喊好痛好痛！爺爺幫孫女把兩腿併攏了，用手輕輕在她肚腹上撫摩，希望能讓她減輕一點痛楚。

當年十二歲的小女孩，銀幕上，已是白髮皤皤的老奶奶！述說這段血跡斑斑不堪回首的恨事，她沒有流淚、沒有咬牙切齒，很平靜、很鎮定。

維護真理，敢愛、敢恨、敢做、敢說，何來眼淚？何須羞赧！

蒼天仍念蒼生？或許祂悄悄睜開過雙眼，做瞬間的關照，在剎那間，造就了 Minnie Vautrin（明妮・華群，金陵女子學院教育系主任）、Bob Wilson（鮑柏・威爾森，醫生）、John Rabe（約翰・拉貝，德籍商人）、George Fitch（喬治・費奇，傳教士）、Lewise Smythe（路易斯・史密斯，南京大學教授）等多位外籍的救世活人的善心人，在老百姓的口中他們是：救苦救難的活菩薩。

天可見憐，這幾位善心人七十年前的信件、日記、照片、影片至今尚存世間，已然成為歷史的見證，為人間留下一席正道。

American on Line 的前副總裁 Ted Leonsis，將這一席正道，化作膠卷、訴諸畫面，傳播於世！而促成這個歷史性工程的背後靈魂人物，正是《被遺忘的大屠殺》一書的作者—張純如，她用如椽之筆昭告距離南京千里之外的西方世界，在那裡曾經發生過慘絕人寰的大悲劇；西方人士驚異的知曉，除了希特勒屠殺猶太人令人髮指，在遙遠的東方，同時，也有日本軍閥屠殺中國百姓，亦是人神共憤！

或許，是因為這些太多、太慘的故事，讓張純如陷入難以迴轉的夢魘之中，芳華三十四的奇女子，竟飲彈而殞！一縷芳魂不知是否飄向一九三七的南京，若是，在那裡應當多了一位救世活人的仙子。

在紀念南京大屠殺七十年的時候，世人，尤其中國人，應該向張純如致敬！

電影結尾，畫面是現今靖國神社前，一群日本右翼分子高舉標語，口中大喊：天皇萬歲！音軌未變，畫面切入當年日本軍人站在南京城上，高舉太陽旗發出同樣的吼叫聲！

今昔對比，如此相似，令人心驚！警世之作，導演用心，不言而喻！

散場了，電影院外的雪，更加猖狂，隨著刺骨的寒風撲面而來，走出一九三七南京的人，在雪地上，渾然不覺冷風的凜冽，雪花落在臉上，立時化成了水，流滿面龐的好似狂風吹亂的淚痕。

北川滑坡上的素菊

北川地震之後，許多人以素菊悼念罹難者。（取自中新社網路）

北川那片滑坡上的雪白菊花，在黑夜中顫動著，不是因風吹，是因陣陣飄忽在殘垣上呼叫親人的聲浪所震盪。

「一行人站在已是一片廢墟的北川縣城之上，俯瞰這片災難深重的土地。短短的十六天中，這裡經歷了繁華、摧毀、救援、防疫和塵封。此刻，展現在這群曾戰鬥其間的記者們面前的城市，了無生氣，承載著無數冤魂的呻吟消散了，惟留下生者的緬懷和祝福。」這是中國《新聞周刊》記者黃永莉〈祭別北川〉中的一段文字。

十三位記者，身著白色上衣，站在北川縣城廢墟之上，面對災難摧殘的這片土地，他們獻上手中的素菊，點燃白燭，靜靜地哀悼，他們流下淚。

「哀悼」在彼時彼刻，不只是一種儀式，而是他們心中永恆的烙痕，深深地印刻在他們年輕的採訪生命之中。

記者，在四川大地震的採訪中，走過生死關頭、在人間煉獄來回逡巡，他們承受了新聞工作經歷中的重中之重。

一個有強烈責任感的記者，當面對災難中屍橫遍野、呼救之聲不絕於耳的當下，他應選擇搶救生命？還是搶發新聞？

昔日新聞學中引發爭論的倫理議題─在大災難現場新聞採訪工作者，要先做「記者」還是先做「人」？

此次大地震災區中，無數中外記者，用血淚寫下了答案——「新聞」與「人命」比起來微不足道。

「到災區後，我也在困惑著、矛盾著。這樣一場巨大的災難面前，挑戰著每一個生命，也拷問著許多大家習以為常的新聞倫理與新聞道德。大家的心情我能理解，畢竟在災難的第一現場我們作為記者的同時，更重要的還是還原為『人』。」鳳凰衛視陳曉楠描繪出多數記者的複雜心情。

記者們常說自己心中有把尺，災區現場的所有新聞工作者，此時此地，心中的那把尺，眾人的標準毫釐不差，他們不約而同做出一樣的自覺選擇：眼睛要長在心裡，嘴巴要放在心上！

他們在第一線傳遞災區的聲音，有垂死的呻吟、有重生的祝禱、有搶救的呼喊、有殤逝的輓歌；他們記載著瓦礫中的身影，有醫生、有護士、有老師、有學生、有義工、有解放軍。唯獨沒有寫報導執筆人的聲音；唯獨沒有拿攝影機那人的身影。

劉小青踏上都江堰殘垣瓦礫之上那一刻，他明白，自己將走進生命與死亡、人間與地獄的混沌交雜的境域之中。

他是中國新聞社五一二四川大地震採訪團隊災區第一線總指揮，他的老家在綿陽，是重災區之一。接到總社任務指派，旋即從北京搭上他能買到最早的機票，直飛重慶，立即與接應同仁驅車直奔成都，當時成都的陸空交通幾乎斷絕。

車子在滂沱大雨中顛簸艱險之下駛進成都，時間是五月十四日的凌晨三點左右。

心急如焚，馬不停蹄直入災區都江堰，劉小青原本計畫在最前線設指揮所，但一路上，自重慶第一時間趕至災區的記者與他失聯，都江堰一帶的交通與電訊都已中斷。一行人暫別被摧殘殆盡的古城，重折回成都市內，迅速建立採訪指揮中心。

劉小青剛從駐紐約美國分社社長任滿調回北京總社，他曾任重慶分社社長，第一線上不少是四川重慶分社的子弟兵，攤開四川省地圖，汶川、綿陽、北川、德陽、綿竹映入眼簾，只覺一片矇矓，淚水在眼眶中打轉，這些城鎮是他們生長的家園。

多少記者而今是近鄉情怯！家園房舍、父老親朋此刻安否？

新華社的白瑞雪在震後第四天，回到老家漢旺鎮採訪，那是距汶川三十公里的綿竹市上的一個小鎮。「回家」的路上，滿眼廢墟，杳無人跡，「站在空蕩蕩的街心，我無法用文字描繪眼前的故鄉，我不知道自己記憶中的座標，應該從哪一片廢墟開始。」

白瑞雪心中是淌血的，她做夢也沒想到，現在要採訪的對象是從死亡中掙扎出來的老同學：十九年前，他們在鎮上的小學一同畢業，從此各奔東西再也沒見過面，一場天搖地動的災難，讓他們劫後重逢，她心中一定愴然：「寧可永遠不見，也不願如此重逢！」而更多的老師、同學，更多熟悉的鄉親，至今也不知道他們的生死。

她在一篇報導中這樣寫：「漢旺鎮主街的鐘樓上，時針的指針停在災難發生的那一刻。我卻沒有勇氣迎著鐘樓走進我的母校，雖然這麼多年來，我曾在夢中以各種方式重走過那條路。

徘徊了又徘徊，猶豫了又猶豫。那是我在採訪中最脆弱的一刻。」

充滿朝氣和理想的年輕記者啊！迎向你的該是陽光與歡暢，何曾想到，就像瓦礫堆下呼喊求救的孩子們一樣，你們擁抱的竟是悲慘無垠的惡夢！

中新社孫宇挺，十三日就趕赴北川，一腳高一腳低的怕踩著死屍，悽慘之極，就在這種情狀下，他堅守北川四天。然而，有一天他正要趕去發稿，經過一塊巨石旁，忽聽到底下傳來「求你救救我」的聲音，一位倖存者向他求救，石塊太大太沉了，孫宇挺無法推動，他只得去找救援部隊，順路把稿子發了，等他回到原地，看到救護人員用千斤頂在援救巨石下的人，但不幸，那個曾向他求救的倖存者已然等不及，斷氣了！

他痛心、他內疚！久久無法解脫。他曾在深夜擁被而泣！

回到成都短暫的心理調適，堅決的又重回前線，他要以更多的實際行動，彌補心中的愧疚，孫宇挺和同伴跋山涉水，手腳並用晝夜兼程，費了二十小時趕到汶川，在那兒，他發出「廢墟下媽媽的聲音」感人肺腑的稿子。

台灣中央社一則報導，一位香港記者在災區採訪後回到香港，哀傷痛心無法控制，他不得已而向「生命熱線」求助。

這些心靈震撼實非常人所能想像，還有人竟然產生「在那邊活著都覺得內疚」的感受！

五月十三日早晨進入北川，直到二十日「封城」，劉書雲在離開之際，回憶過去七天的身心經歷：「我在北川中學與縣城之間來回奔波，看著救援人員火急火燎的樣子，我不忍打擾他們；看著醫護人員奔忙的身影，我不忍心打擾他們；看著滿身血污的傷者痛苦的表情，我也不忍心打擾他們。就這樣，在北川的日子裡，我痛著北川人的痛，急著救援者的急，他們缺藥，我就大聲疾呼災區需要藥；他們缺水，我就大聲疾呼災區需要水！」

是否？記者在當時的情況下，採訪、發稿似乎是一種「殘忍」。

五月十二日地震發生傍晚，李安江、郭晉嘉、杜遠三人小組，是中新社報導災情第一梯隊，自重慶驅車搶進汶川，途中因交通斷絕無法前進，向總部請示，劉小青在地圖上看到綿竹、德陽、什邡與汶川一山之隔，於是指示三人小隊轉往綿竹繞道進汶川；當車子雨夜闖進綿竹時，沒有任何燈火，依稀仍可見四周是斷垣殘壁，緊接著聽到哀嚎哭聲！他們是最早進入這個重災區的記者。

他們行至綿竹漢旺鎮，目睹東方汽車輪機廠中學垮塌破碎，「救救我！」屋舍殘骸中，透出被埋學生悽慘的呼救。

天在哭，雨中焦急的家長更是無力地在廢墟前哭成一團。

「前來採訪的我們，面對那一張張淚臉，面對他們哀求的目光，一時不知所措。採訪還是救人？這個新聞課堂上的道德問題，從未像現在這樣來得如此突然。我們放下了手中的相機，此時任何的採訪行為都和這裡的氣氛格格不入。」李安江他們這樣記敘。

「快點救人，快把這裡的情況傳出去」，驚魂未定的鎮民攔住了他們，忙不迭地向他們喊著「快出去報訊！」「快把我們毀城的消息帶出去！」

車子立刻掉頭一路狂奔，到了手機有訊號的地方，立即用已經撥得發燙的手機發出求救訊息。一夜折騰，已近黎明，三人卻找不到返回的路了，盲目前行中又遇一災民安置站，正準備下車採訪，一對焦急的夫婦直撲過來，遇到救星似的呼喊「救救我們的孩子，求求你們」，婦人懷中的娃娃滿身是血，已無意識只是囈語。顧不上採訪，他們即刻又掉頭送娃娃往市區找醫院。

「已經停電的綿竹市內一片漆黑，我們將男孩送到當地一個醫療點，……此時，我們突然發現，剛才忙著救人，把我們的一個同事丟在了路上。經過近一小時尋找，終於在綿竹市人民醫院門口一條躺滿傷者的街道上看到了同事熟悉的身影，此時的他，已將相機和筆記本放在一旁，正和幾名護士將一名滿身是血的重傷者抬上救護車。」

這是三人小隊後來發稿的一段內容，這篇稿子的標題是：「那一夜我們沒有採訪」！

在第一線上激戰了十六晝夜，劉小青回到北京，激動緊張的心情一直難以平復，他承認：「怕撐不住！不是體能問題，是心理太憂鬱，壓力太大。」

回北京的前一天，他抽空從成都回綿竹探望八十歲的老母，因為老家地勢低，有淹水之虞，小青決定把母親轉移到親戚在山上的住處；緊張忙碌了十多天，回到媽媽身邊，身心稍得鬆弛，午後躺在沙發上迷迷糊糊睡著了，睡夢中被餘震驚醒，睜開眼第一件事，就是找媽媽，要把老媽媽保護好，四處找不著她，卻見老人家在洗手間，小青急忙奔過去，抱起老太太就往外跑，餘震更強了，「我腦中突然閃出一個念頭，如果這時候房子垮了，把我母子倆一塊壓死，我反覺得心安，能抱著母親一起死，我覺得是對媽媽的補償。」小青還說：「父母在不遠遊，這些年、這幾天，我都沒在母親身邊，真是愧疚不安啊！」

新華社記者徐壯志有類似的記述：「我在北川採訪的時候，遭遇堰塞湖潰堤警報，所有人都往外跑，但有兩種人往裏走，一類是軍人、一類是記者。」

在奔往「新聞點」的剎那，他們年邁雙親、年幼子女、親密愛人的身影可曾在心中某個角落閃現過？

是不是有更多第一線上的工作者，像劉小青一般有著同樣驀然驚覺的「慚愧與自責」？八級大地震，震垮千萬間屋宇樓台、攫奪萬千條珍貴生命；與此同時，也驚醒人性的悲憫與真情、擦拭了人倫與靈魂的污垢。

北川滑坡上的素菊啊！妳是在等待那麻辣火鍋的香味早日瀰漫街頭巷尾？等待嘩啦嘩啦的麻將聲重新響自千家萬戶！是的，天府之國就要涅槃重生！

北川滑坡上的素菊啊！妳是否在提醒新聞工作者，莫忘以人為本的職業倫理道德，那大地震動帶給他們慘烈的洗禮似鳳凰浴火，也是涅槃重生！

遙念「五四」 走近羅家倫

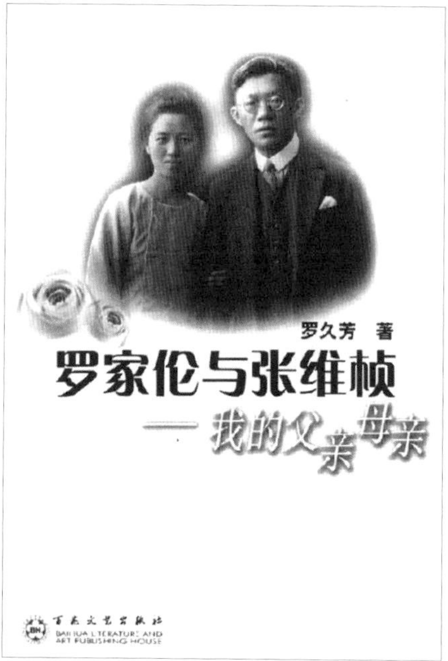

羅久芳寫書紀念父親和母親。

「五四」儼如淹沒在歷史滄桑中的一幢斷壁殘垣，敲開冷酷扭曲的政治冰霜，依稀看見記憶煙塵中的巍然巨碑，挺過近一個世紀，熱血知識分子灌鑄的風華，兀自散發傲然的光彩。

在那豔豔風華與奕奕光彩中，一個堅毅睿智的身影飄然而出，他是「五四」旗手羅家倫。距今九十二年前，一九一九年五月三日夜裡十一點，身材不高、鼻樑上架著近視眼鏡的北大學生羅家倫，被推舉為次日天安門外發難抗議的三個總代表之一。

這群熱血澎湃的青年學生，受到新文化運動影響產生思想變化，決心去攖軍閥官僚之鋒，為巴黎和會上爭取中國主權，要求罷免曹、陸、章三昏官。

在羅家倫後來的自述中，他說，「當夜十一點的時候，各代表在北大開了一個預備會議，當場推舉出了三個總代表，一個是我，一個是江紹原，一個是張廷濟，並且當時推我寫了一個五四宣言，由狄君武（傅斯年寢室同學）送到北京大學印刷所印了五萬份，第二天的早上，我們還預備了一份英文的備忘錄，送給各國使館。到了下午一點鐘，大家便齊集在天安門了。」

這天，天安門前，他們寫下了中國近代史上具有分水嶺意義的新章節—「五四運動」。

宣言是白話文，他這樣寫：「現在日本在萬國和會上要求併吞青島，管理山東一切權利，就要成功了！他們的外交大勝利了！我們的外交大失敗了……務望全國工商各界，一律起來，設法開國民大會，外爭主權，內除國賊，中國存亡，就在此舉了！今與全國同胞立兩條信條道：

「中國的土地可以征服，不可以斷送！
中國的人民可以殺戮，不可以低頭！
國亡了，同胞起來呀！」

這宣言成為了「五四」的旗幟，也是那天遊行抗議唯一的文宣印刷品。這份印刷品鎮了千千萬萬的中國人的心魂！

羅家倫女兒羅久芳曾如此註記：「一九一九年五月二十六日，父親以『毅』為筆名，在《每周評論》第二十三期發表了一篇短文，題為〈五四運動的精神〉，第一次提出了『五四運動』這一概念。從此，『五四事件』被定位為『五四運動』。」

羅久芳與夫婿經濟學者張桂生雙雙自大學教職退休後，現寓居西雅圖。

又逢「五四」，久芳談起家倫先生的往事，其中有感人深刻的，也不乏雋永溫馨的。

和傅斯年穿梭於「兩堂」

曾任北京大學代理校長、台灣大學校長的傅斯年，當年在北大讀書時，是羅家倫的死黨，兩人都喜讀「外國書」，他們和幾個志同道合的同學，總會聚在一塊討論自己所讀的書，還經常爭得面紅耳赤，除了宿舍是他們的討論戰場外，還有兩處他們聚會場所：一個是國文教師休息室，另一個是圖書館主任李大釗的辦公室，依羅家倫的說法，「在這兩個地方，無師生之別，也沒有客氣及禮節這一套，大家到來大家就辯，大家提出問題來互相問難。」

當年北大學生之間是持一種「處士橫議」的態度，爭的是千古學問，兩個房間裡充滿的是學術自由的空氣。

「當時的文學革命可以說是從這兩個地方討論出來的，對於舊社會制度和舊思想的掊擊也產生於這兩個地方。」羅家倫曾如此說。

顯然，當代中國新文化的「解放與改造」，就在那兒萌芽了。

有趣的是，這兩間中國新文化發芽的斗室，卻各有一個互相關聯、古典又戲謔的名字。在北大一院二樓的國文教師休息室被他們稱作「群言堂」，取「群居終日、言不及義」的意思，而常窩在這屋子裡的多半是南方人。另圖書館長室，則叫作「飽無堂」，取「飽食終日，無所用心」之意，這房裡則以北方人為主，因館長李大釗是北方人。

這兩個「堂」的名字，是有典的：理學大家顧亭林，在其《日知錄》中批評明末的士大夫，分作南北兩地，指明朝之所以亡，南方的知識分子，習於「群居終日、言不及義」，而北方者，則溺於「飽食終日，無所用心」。

引借這兩個「名堂」，雖有些戲謔，但不難看出他們內心裡早有鑑古知今，惕勵革新的嚮往！而天天穿梭於「群言」和「飽無」兩堂的，只有羅家倫和傅斯年兩位同學。

羅久芳說：「比較起來，我父親他們那時代，知識分子有中國傳統士大夫的精神，憂患意識強烈，或許是因為民族有太多苦難和挑戰，當時北大的胡適之、陳獨秀、李大釗、傅斯年和我父親他們的作為，就是社會的反射。」

「海歸」胡適力保羅家倫

胡適之是早年的「海歸」學者。一九一七年夏天，北大在上海招生，剛從美國回來的胡適在招生會議上，激動的發言：「我看了一篇作文，給了滿分，希望學校能錄取這名有才華的考生。」而當考委們查閱這名考生其他科成績時，發現他的數學考了零分。最後由校長蔡元培同意，破格錄取。

另傳還有一位才女張充和，也同樣以數學零分進入北大。

對於「海歸」教授胡適力保羅家倫的「傳說」，羅久芳持懷疑態度：「我一直沒找到直接的證據，證明我父親數學考零分，去年，還請北大尋找他當年的考試成績單，可惜沒找到。」她還說：「『張先生』受的舊式教育，沒法作答數學考題，是可以理解的。而我父親是上海復旦公校畢業的，那是一所現代化的中學，英文、數學都受到重視的，因此我很懷疑這個傳說，他生前從沒跟我們提過這件事。」

古色今香的張充和，今年高齡九十七，現居住在耶魯大學教授宿舍，出於尊重，故舊、學生都稱她「張先生」或「充和先生」。Mimi 蓋茲（比爾・蓋茲的繼母）譽她：「當今稀世瑰寶」，夏志清教授讚說：「她在中國古典文學和崑曲的造詣，今日而言是鳳毛麟角。」

沈從文是張充和的三姊（兆和）夫，湖南鳳凰鎮沈從文墓碑上的墓誌銘，是充和所撰，一共四句，每句四個字：不折不從，亦慈亦讓；星斗其文，赤子其人。

考北大的時候，年輕的張充和剛從合肥的深宅大院中走出來，她沒有像姊姊們一樣，在蘇州接受新式的教育，因此北大入學考試中，數學考了零分。按照校規，如果考生有一科不及格，就不能錄取，但是，因為她的作文考了滿分，破格進入中文系。

張充和於一九三四年進北大讀書，顯然與羅家倫沒有交集的時光，她是沈尹默的高足，至今，張先生每日寫書法，其字體即多沈體。

羅久芳說，他們唯一的交集，可能只有沈尹默先生了。

在羅家倫的記憶裡，是這樣描述沈老師的：「他是很深沉而喜治紅老之學（《紅樓夢》與《道德經》）的人，手持一把羽扇，大有謀士的態度。北京大學許多縱橫捭闔的事體，都是他經手的。他不做文章，也不會做，但是因為他常作白話詩，而胡適之讚賞他的詩作得好。」

羅家倫白話詩感人

其實，羅家倫白話詩也做得很好，一九二〇年，「五四」戰友許德珩（字楚生，又作楚僧）赴法國留學時，羅家倫為他寫了一首白話詩〈往前門車站送楚僧赴法〉，可以看到他對一起戰鬥的同學，所抱有的熱情與關切：「爍亮的電燈底下，映著幾道閃閃的刀光；顫巍巍的重門，對著一片陰淒淒的團場。　楚僧！這是什麼地方？　五四以後的一夜，你在門裡，我在場中；六三以前的一夜，我進門去，你在場中；……楚僧！我們今夜相別！車站的汽燈，奪去了地上一圈圈朦朧的月影；　可恨的汽笛兒，聲聲催人離別。你握著我的手，我握著你的手，卻沒說半句話……」這詩如今讀來，或有點文藝腔，但不可否認，在當年這是非常前衛和突破的。

當年北大有所謂的「五大領袖」，指的是羅家倫、傅斯年、段錫朋、康白情，還有許德珩。「五四宣言」文言篇是許德珩起草的，其中有：「嗚呼國民！我最親最愛最敬佩最有血性之同胞！……山東亡，是中國亡矣！我國同胞處其大地，有此山河，豈能目睹此強暴之欺凌我，壓迫我，奴隸我，牛馬我，而不作萬死一生之呼救乎？」等語。

許德珩（一八九〇～一九九〇），早年加入中國同盟會，參加過辛亥革命及討袁運動。一九二六年法國留學歸國後，任廣州中山大學教授，黃埔軍校政治教官，國民革命軍總政治部副主任，參加了北伐戰爭。中共建政後，一九七九年加入中國共產黨。

另有一首給張國燾的詩，亦見其熾烈的青年熱情。一九二四年羅家倫遊學至德國，聽到張被北洋軍閥政府逮捕入獄的消息，為懷念這位在學生運動中有著革命感情的朋友，乃作了〈追憶出亡的一夜〉：「（省略前一節）……就刑也不過這樣：拂曉的濃霧不許辨人，只聽得喇喇的鞭音，帶出馬嘶人響。噓噓的趕著路，想不到在車上一霎眼就渡過的鐵橋，現在偏有這長！

伴侶！莫遲疑，也莫徘徊，前進吧，情願做輪軌間的泥肉，或葬入浮著懸冰的深水；卻不願死在比你我更可憐、你我還不如者的手裡。」

詩名中〈出亡的一夜〉，是指他與張國燾以逃亡方式到上海參加「全國學生聯合大會」的一段五四餘波。照羅家倫於一九三一年口述、學生馬星野的紀錄，情況大致是這樣：因為逼迫北洋政府取消軍事協定，羅和幾個同學被通緝，在馬隊包圍北大時，他化妝逃了出來，因正好和張國燾被派做代表要去上海參加大會，他半夜到永定門搭車，車已開走，只得和張兩人坐待城門開門，可是等到城門開了，火車也走了，於是他們兩人沿著軌道一直走到豐台，才得以登車南下到上海；因為這段歷險，所以有「伴侶！莫遲疑，也莫徘徊，前進吧，情願做輪軌間的泥肉……」的慷慨之辭。

與張維楨魚雁定情

久芳說：「父親到上海參加『全國學生聯合大會』遇到了我母親。當時，她在女子中學教書，也參加那次大會，兩人在會上認識了，只幾天，父親就回北京了，從此展開八年的魚雁追求。」

這段浪漫的軼事，後來被傳頌為「羅家倫百封情書，追了八年把北大校花追到手。」

事實上，羅家倫讀北大時，校園裡還沒有女學生呢，久芳說：「當年我問母親這件事，她笑著說，我讀的是滬江大學，全校只有四個女生，哪來什麼校花？」

不過，在羅久芳提供的珍貴資料中，有一張圖片，是一九二〇年羅家倫回北京後寄給上海的張薇貞（後改維楨）的「情書」，明信片上以俊秀的毛筆字，寫下兩地相思的款款情懷：「禁城煙樹，太液春波，思君不見，我憂如何！」這，不正是一首含蓄優美的情詩嗎？

明信片落款寫著：「前遊中央公園，對此風光，無限感觸。爰攝此影，以貽　薇貞吾友。志希。（志希是羅家倫的字）

在羅久芳編著的《五四飛鴻》書中，唯一收錄的一篇志希寫給薇貞的書信，第一段：「薇貞吾友：前次接到你一封信，正在想覆，今天又接到你一封信，真是給我感情上許多愉快，我深深的謝你，但是你這樣待人，使我謝的心思，筆墨很難表現。」接下四大段內容是談他在美國、柏林研究論述與國內接軌的努力，並敘說將轉赴巴黎、倫敦遊學的計畫。最末一段：「另外附上柏林大學照片一本，請惠存，以作紀念。你的體力近來好嗎？有最近照片可以寄我一張嗎？不敢

羅家倫與北大校花的浪漫傳說。

請耳，固所願也。雲天東顧，祝千萬珍重。志希」這才又看到他婉轉牽縈的思念之情。

羅家倫寫給女友的情書，一開始是稱「薇貞吾友」，然後變「維楨」，再變長為「維楨吾愛」，以致最長的稱謂是「我生生世世最愛的維維」。

這位五四健將、北大才子，叱吒風雲引領風騷的同時，感情方面也毫不忸怩，盡顯名士風流的真性情。

如來之子在巴西

巴西如來寺的「如來之子」。

「如來」和巴西，天南和地北，東西相隔千萬里，八竿子也搆不上的關係，在不可思議的因緣和合中，兩個截然無關的意念和地方，居然有了親密歡喜的融合。

巴西聖保羅有座莊嚴宏偉的「如來寺」，寺裡認養了二百六十五個孩子，他們全是貧民窟裡失恃、失怙、失養、失教的兒童，其中有蹺課不上學的孩子、有搶劫偷竊的嫌犯、有為毒販跑腿的小羔羊；而今，個個見人就合掌為禮、聲聲稱唸「阿彌陀佛」！

孩子們都有如巴西的陽光，那麼自然、溫暖而且有著毫無染著的純真與熱情。

他們就是「如來之子」！

十一月三日，筆者一行十三人自秋風蕭瑟的紐約飛到了豔陽高照的聖保羅，我們之中有位佛光山的滿光法師，她曾擔任「普門出版社」總編輯，學識、文采一流，由於她的因緣，大夥在下了飛機，就一齊直奔距離機場三十多分鐘車程的「如來寺」；隨滿光法師，我們一入山門即逕至「大雄寶殿」禮佛；在穿越殿前大廣場時，看到數十個孩童，身穿黃底淺綠邊運動衫，個個興致勃勃在教練指導下隨著音樂舞蹈著。

寺裡師父們發現了我們這批不速之客，尤其意外見到滿光師兄，法師們驚喜之餘，不住的探詢我們有什麼需要幫助？以及此行為何？

其實，我們是「烏合之眾」，幾批朋友湊在一塊來巴西自助旅行；一路上大家也就是禮貌性寒暄而已，倒是來到如來寺，我們開始有了惜緣惜分的感情，而其間牽引的力量即是—如來之子！

寶剎的住持覺誠法師，充滿法喜的向紐約來客簡要地介紹該寺情況，這座南美最大的佛寺建地一萬平方公尺，腹地約十五萬平方公尺，而只有五位師傅主持打理一切，另外幾位是：覺曦、如海、妙初、妙遠等四位法師。如來寺在巴西已成立有十二年，二〇〇三年這座宏偉的大雄寶殿才開光落成。

眼前的景色雖美好，總覺得還是如天下林立的佛剎道場一般；但，當住持指著廣場上歡跳的孩子們，以柔和的話語講述「如來之子」的故事，這群紐約客發現此間竟是如此無比莊嚴殊勝！當下，我們十幾顆心都被那慈悲喜捨的氛圍牽引在一起了！

話說，十一年前，某天，一位剛到巴西才學會幾句葡萄牙語的比丘尼，戰戰兢兢的開車到一家超市購物；司空見慣的，有人上前乞討，這次是個小男孩，只見他亂髮如蓬草，滿面盡汙垢，衣衫破爛，比丘尼發菩提心，囑咐小男孩替她看好車子，不要被偷了或是被刮漆破壞了，並告訴他：這是你的工作和責任，做好了，我會給你酬勞，不是因你乞討而施捨。小男生似有所悟的點頭答應。

出家人購物畢轉回停車場，那小男孩仍守在她的車旁，沒有失職！

比丘尼心生歡喜，問孩子，願不願隨她回廟裡？小男生又點頭。

出家人回憶說：當給他剃了頭、換上乾淨衣服，一個流浪兒看起來亦是莊嚴！

比丘尼對生命讚嘆！

後來，發現這孩子蹺家蹺課好幾星期了，她立即帶著孩子回到學校，重新復學，並請校長告知家長，孩子暫時住在廟裡，食宿無虞，請他的父母安心。

然而，不到兩天，一個婦人帶著孩子的出生紙找了來，說要把這小男生送給廟裡。比丘尼認為這不但不合法、也不如法，她拒絕了這位母親的請求，同時希望他們母子團聚，要孩子隨媽媽回家，鼓勵他好好用功讀書。

事隔五、六年之後，因緣巧合，比丘尼又遇見當年那小男生就讀學校的校長，她關心的問：孩子學好了嗎？功課好嗎？還蹺家嗎？

校長的回答讓出家人驚悸！他說，那孩子因持槍搶劫被捕，被送進感化院了！

比丘尼感慨萬千，如果孩子們多得到些關愛和教導，必不至於此。

於是，出家人發願，到最需要幫助的地方幫助最需要幫助的孩子，即使能力有限，也要用至極限，她相信十方世界慈悲力量大無邊，定能共成十方事。

就因這一個念頭，巴西就有了「如來之子」！

這位比丘尼，正是如來寺住持覺誠法師。

由於政經凋敝，地大物博的巴西各城市都出現了貧民窟及非法居留區，形成販毒的溫床。又因為宗教信仰，夫妻關係即使破裂，也不准離婚，青少年未婚懷孕，也不准墮胎；因此，問題家庭、「沒爹的孩子」為之大增，成為社會大患！

覺誠師父於是發願要將被喻為佛法邊地的南美洲，改變為人間淨土。

談何容易啊？要把處處貧民窟遍地流民的「邊地」改變成淨土，除了要有大悲心之外，更要有大願行。千里之行始於足下，積沙可成塔，滴水可穿石，在覺誠諸法師穿石的法水中，滴滴甘露於是先灑向這群「如來之子」。

十一月十五日，午後，空中布滿了烏雲，覺誠師父為了滿足筆者探訪心願，不顧眼下就有大雷雨，親自開車載著筆者夫婦及張金蓉大姊馳往眾如來之子居住的村落Ciclite；法師說：「我們的孩子都來自這個由三個違建村落聚集而成的Ciclite貧民窟。」

流民散戶沿著荒僻的河溝搭起屋子，簷頂低矮、門窗侷促、櫛比鱗次，巷弄狹窄、曲曲折折、土石為路、坑坑窪窪，車行其間備嘗顛簸之苦，難為了駕駛的法師！

大雨終於傾盆而下，雨中停車暫借問，法師挨家挨戶呼喚孩子的名字，這兒她太熟悉了！她熟記每個孩子的家；好幾個家長走出來和師父交談，而且都雙手合十，口念「阿彌陀佛」。

雨恣意的潑下，法師的袍子快濕透了，她無視風雨，一心安排遠來的訪客體會貧民之情；對我們而言，這何嘗不是一次體悟人間疾苦的難得機緣！

最後，我們在路邊空地上遇見幾個如來之子足球隊的隊員，孩子們正喜孜孜地在雨中踢足球。他們看到師父就都奔了過來，滿臉詫異，關心的問：「下大雨，來幹什麼？」明白了我們的來意，其中的守門員就引我們到他家「避雨」。

穿梭崎嶇狹窄的過道，來至男孩的家。所謂的「家」，就是一個屋頂加上四面牆！一進門，是一四方空間，角落擺了一座瓦斯爐頭，上面散落著三兩個燻得發黑凹凸不平的鍋子，門旁有個老式冰箱，此外屋中別無它物。俗話說的「家徒四壁」大約就是這樣了！再往裡，一道小門用一張布簾子隔著一個裡間，那兒應是臥房。

屋外下大雨屋內下小雨，原來是房子隔間牆頂上有道縫隙，雨水順流而下把搭在那兒的凹型排水管都溢滿了，壓斜了，因此漏水如珠簾；覺誠師父此刻又成了「抓漏」師傅，她伸手調整了一下排水管，使水流得順暢。（可見屋頂有多低了吧！）

獲主人同意，我們穿過滴雨，掀開裡間的布簾，好奇的探視內屋情景，只見右手邊依牆擺了一張大床，沒鋪床墊，面對門靠邊有一張嬰兒床，剩餘空間大概僅容兩個大人轉身了！見此，張大姊終於淚水奪眶而出，她感慨說：「在紐約當垃圾扔掉的都比這好十倍！」

覺誠也語重心長的說：「希望有更多的人布施利益眾生，更願各位惜福、惜緣！」

目前如來寺共有兩百六十五個如來之子，年齡在六至十八歲之間；之前，孩子們從未體會生命價值、從沒想過什麼未來，他們甚至不知道什麼是生活！

進到如來寺，師父和他們約法三章：不可偷竊、不可搶劫、不可吸毒；這正是當地青少年墮落犯罪的三大淵藪。

寺裡供給孩子衣物鞋子及學用品，每個月還布施每人十公斤口糧，其實這些還不夠一個家庭五天食用，師父用心不在只給他們米吃，而且要教他們懂得種稻。

寺廟為十四歲至十八歲青少年開烘焙班、培苗班、語文班、導覽班及手工藝班；覺誠還希望規畫水電、木工、菜圃農藝等技能的教導課程，多多培養他們謀生技能，可以自食其力，這樣，孩子們就可免於墮落犯罪之途！

事實上，師父們對這群少男少女的教導，尤重道德與人格方面的薰習和陶冶。快兩年了，在法師的禪修、韻律老師的音樂舞蹈訓練、心理老師的輔導，加上相關道德教育，孩子們不但長高了，可貴的是，他們懂得愛惜生命、熱愛生活！

他們推己及人，還會勸導朋友甚至父母親：不要酗酒、不要賭博、不要吸毒！

「如來之子」正在影響他們的家園。

覺誠師父說：「佛家講因果，我們希望為這貧民窟的眾生，新點一個好的緣頭，願他們培養善緣果報！」

「我們的天空是藍色的，我們的心是純樸的；我們居住的地方有時候缺乏安全感，也不知明天會發生什麼事；我們的衣服和糧食是差了些，但是我們不笨；渴望您能大手牽著我們的小手，帶領我們成長，將來翱翔天空……」覺誠師父這樣替孩子們代言。

張愛玲與李安的「色」並不同

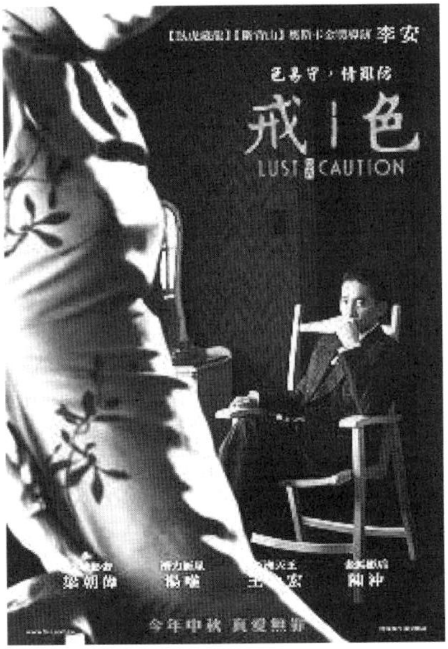

《色，戒》電影海報。

張愛玲《色，戒》的結尾，把靈光乍現的瞬間凝為「瞬間變成永恆」……這個張力，李安在片子裡，用梁朝偉彳亍於王佳芝房間內，欲留還去的抒情畫面，作了極佳的詮釋。

探討李安《色，戒》的文章連篇累牘，儼然成了「時尚」，似乎不談《色，戒》的媒體就大為失色，不談《色，戒》的作家、影評家、學者就會面有慚色！

張愛玲的《色，戒》。

其實張愛玲的《色，戒》一點也不色，之所以「時尚」至此，正應了「色不迷人，人自迷」這句老話，就連李安也自迷到不行！否則，怎會製造出梁朝偉露蛋的熱門話題？據說，香港和台北街頭最 HOT 的一句話就是：「你有沒有看到偉仔的兩顆蛋蛋？」實在好笑！（好在北京當局把那蛋蛋喀嚓掉了，否則十幾億人喧騰起來，可了不得！）

就事論事，李安拍「色」比拍「戒」的確更出色，三場被鬧得沸沸揚揚的床戲，其實觀眾根本看不到床，銀幕上只有兩具糾纏、扭曲、碰撞的裸體。是的，她（他）們裸露的還有下體。

不以為然　這麼說就是不懂？

很不以為然嗎？沒人這麼說，至少，沒人敢這麼說！說出來，一定會被萬箭穿心：「這人根本不懂藝術嘛！不懂電影嘛！不懂李安嘛！」所以，在下也不敢說「很不以為然」，而且要說這三場床戲挺好、很刺激，比起其他的A片並不遜色。可是，令人費解的是：易先生和王佳芝互相狩獵的關係，唯有藉梁朝偉和湯唯三場辛苦的床戲，才能表達？

「床戲是必要的！」大多數人這麼說。不禁要興起一堆問號，這些大多數人說的，是指床戲對李安是必要的？還是指床戲對這部電影是必要的？認真的說，片中的床戲有一場半或兩個半場，足矣！而且真刀真槍的……足矣，足矣！

以李安的深度與內涵，應可另闢蹊徑，但誠如他對媒體說的：「拍這戲，拍到精神崩潰，人都陷進去了。」

張愛玲原文中，對性的描寫，是含蓄的，文中的「床戲」她是這樣描述：「兩年前還沒這樣哩！」他擁著吻著她的時候輕聲說。他頭偎在她胸前，沒看見她臉上一紅。

看！含蓄一樣很美，一樣有意境

的確，導演把自己陷得太深了，如果，導演不要太執著於「征服女人的心要通過陰道」，抱著色不異空、空不異色的平常心，或會另創境界。

當年的《喜宴》，金素梅在被窩裡對趙文瑄說：「我現在要解放你！」被視為神來之筆，又如，《臥虎藏龍》，章子怡在竹海梢頭之上，起伏飄盪之間情挑李慕白的畫面，亦被譽為經典之作。如果，這兩段戲，用「迴紋針」姿勢拍攝，不知將是什麼意境？

反之，王佳芝與易先生在一起「像洗了個熱水澡」的情節，若用《喜宴》的被窩或《臥虎藏龍》的竹海梢頭的電影語言表達，又會產生怎樣的意境？

貪戀情色　李安導演的初衷？

媚俗的時代，炒作是必然的，不論文學、電影、藝術乃至各種產品，都熱中炒作，但炒作不一定會紅，要懂得炒作才會紅；李安的《色，戒》就被「吵」紅了，吵得依然是那蛋的話題？

李安最近在一些場合忍不住地流淚滿襟，他在感慨呀！李安呀李安，觀眾看的若不是你的電影語言，卻貪戀你的情色畫面，這可是你的初衷？

有太多人歌頌這三場床戲，紛紛為之解讀；如果沒有大汗淋漓、氣喘吁吁的過程，就無以強化王佳芝對老易的心理轉折；又有人說，三場床戲姿勢的不同，寓意這兩人內在感情上的變化。

然而，這三場戲，只見老易近乎性變態的瘋狂洩慾，突顯了一個特務的陰沉殘暴，與一個弱女子遭性奴般的蹂躪，並看不出王佳芝和易先生之間的兩情相悅、真情相惜。

就電影情節而言，王佳芝與國民黨地下工作人員老吳，有段聲淚俱下的對話，她激動的訴說與老易如何如何，肉體與心理的煎熬、創傷如何不堪，老吳幾次制止她說下去，最後老吳震驚得奪門而逃。這次表白，應是王佳芝心底最深處的感情！因此，若歌頌那三場 RX 級床戲，硬拗是鋪陳王佳芝的心理轉折點，未免有些「為賦新詞強說愁」了！

王佳芝放走老易，心理轉折最重要的因素，應是剎那間「柔軟的心」發揮了力量！因這「柔軟的心」，張愛玲寫《色，戒》，用了三十年才完成啊！

婦人之仁　獵人變成犧牲品？

或許有人認為，王佳芝的「柔軟的心」根本就是婦人之仁！我則認為，放走老易即使是因「婦人之仁」，總比說是因床上關係，要讓人感覺寬容、悲憫些。

張愛玲筆下王佳芝的原形，是一個大學女生、一個非專業間諜，她心裡滿是空虛、幻想、錯亂而且脆弱，從獵人角色逆轉為犧牲品，是為了她自憐又虛榮的戀情（算不上感情），她原先認定的偉大目標、剎那間變得渺小。

這個「剎那」，發生在易先生陪王小姐在閣樓上挑鑽石的時候，原文這樣寫著：「王佳芝曾不止一次的胡思亂想，難道她有點愛上了老易？」「因為沒有戀愛過，不知道怎麼樣就算愛上了。」「只有現在，緊張得拉長到永恆的這一剎那間……只有更覺得是他倆在燈下單獨相對，又密切又拘束，還從來沒有過（註：顯然在床上時並沒有過）。但是就連此刻她也再不會想到她愛不愛他，而是——。」

這「而是——」，給讀者留下無限想像空間，那絕不是床笫之間或單純的「愛與不愛」的狹隘問題了。

張愛玲繼續寫道：「這個人是真愛我的，她突然想（註：她是幻「想」的），心下轟然一聲，若有所失。」「快走，她低聲說。他臉上一呆，但是立刻明白了，跳起來奪門而出。」看！這文字節奏多明快，意象多活躍，可惜電影裡看不出這驚心動魄！

她放走的是一條生命，不見得非是她愛的人。她放走的是一個或許是愛她的人，不見得是征服她陰道的人。從原作字裡行間，我們可以探觸到人性最幽微地帶的可貴與可悲，也看到有血有肉、有真情有大愛的「色」！

張愛玲《色，戒》的結尾，把靈光乍現的瞬間凝為「瞬間變成永恆」，將整個故事推向高潮，也把讀者推至谷底。這個張力，李安在片子裡，用梁朝偉彳亍於王佳芝房間內，欲留還去的抒情畫面，作了極佳的詮釋。

把張氏小說改拍成電影，本就不易，要拍得讓小說迷看得心服口服，更是難上加難，李安的《色，戒》可以算是多部改拍張氏電影中的佼佼者，但若以李安自己的作品而論，《色，戒》倒不是極品，只算得上最出「色」吧！

新萬有文庫

遠颺的風華

在北美涵泳中華文化的精采人物

作者◆趙俊邁
發行人◆王春申
副總編輯◆沈昭明
主編◆葉幗英
責任編輯◆徐平
校對◆趙蓓芬　曾秀娥
封面設計◆吳郁婷

出版發行：臺灣商務印書館股份有限公司
10046台北市中正區重慶南路一段三十七號
電話：(02)2371-3712　傳真：(02)2371-0274
讀者服務專線：0800056196
郵撥：0000165-1
E-mail：ecptw@cptw.com.tw
網路書店網址：www.cptw.com.tw
網路書店臉書：facebook.com.tw/ecptwdoing
臉書：facebook.com.tw/ecptw
部落格：blog.yam.com/ecptw

局版北市業字第993號
初版一刷：2014 年 7 月
定價：新台幣 300 元

ISBN 978-957-05-2940-1

遠颺的風華：在北美涵泳中華文化的精采人物 ／
趙俊邁 著. --初版. --臺北市：臺灣商務，2014. 07
面 ； 公分. --（新萬有文庫）

ISBN 978-957-05-2940-1（平裝）

857.85 103009031

讀者回函卡

感謝您對本館的支持，為加強對您的服務，請填妥此卡，免付郵資寄回，可隨時收到本館最新出版訊息，及享受各種優惠。

姓名：＿＿＿＿＿＿＿＿＿＿　性別：□ 男　□ 女

出生日期：＿＿＿＿年＿＿＿＿月＿＿＿＿日

職業：□學生　□公務(含軍警)　□家管　□服務　□金融　□製造
□資訊　□大眾傳播　□自由業　□農漁牧　□退休　□其他

學歷：□高中以下（含高中）□大專　□研究所（含以上）

地址：＿＿＿＿＿＿＿＿＿＿

電話：(H)＿＿＿＿＿＿＿＿ (O)＿＿＿＿＿＿＿＿

E-mail：＿＿＿＿＿＿＿＿＿＿

購買書名：＿＿＿＿＿＿＿＿＿＿

您從何處得知本書？

□網路　□DM廣告　□報紙廣告　□報紙專欄　□傳單
□書店　□親友介紹　□電視廣播　□雜誌廣告　□其他

您喜歡閱讀哪一類別的書籍？

□哲學・宗教　□藝術・心靈　□人文・科普　□商業・投資
□社會・文化　□親子・學習　□生活・休閒　□醫學・養生
□文學・小說　□歷史・傳記

您對本書的意見？（A/滿意　B/尚可　C/須改進）

內容＿＿＿＿編輯＿＿＿＿校對＿＿＿＿翻譯＿＿＿＿
封面設計＿＿＿＿價格＿＿＿＿其他＿＿＿＿

您的建議：＿＿＿＿＿＿＿＿＿＿

※ 歡迎您隨時至本館網路書店發表書評及留下任何意見

臺灣商務印書館　The Commercial Press, Ltd.

台北市106大安區新生南路三段19巷3號1樓　電話：(02)23683616
讀者服務專線：0800-056196　傳真：(02)23683626
郵撥：0000165-1號　E-mail：ecptw@cptw.com.tw
網路書店網址：www.cptw.com.tw　網路書店臉書：facebook.com.tw/ecptwdoing
臉書：facebook.com.tw/ecptw　部落格：blog.yam.com/ecptw